靜人活物

——潘國靈

睿思才慧巧筆墨

——潘國靈小說集《靜人活物》短評

凌逾

給一個支點，潘國靈小說就能撬動世界。哪怕就是石頭、皺紋、套娃、不動人偶、蛋糕商場、電梯大堂這些微乎其微的支點，他也能由此創造出一套套的故事來，絕不重樣。潘國靈先生的才氣在於巧思、才睿、靈氣。收藏古今中外形形色色的石頭故事——望夫石、姻緣石、女媧補天石、石頭記、薛西弗斯石、麥杜莎，用心血打磨，雕琢為潘氏獨家玉——〈石頭的隱喻〉，在這個日趨石化、柔腸都變成鐵石的時代，物化是唯一的歸宿，而寫作大概是唯一的救贖，能給世界帶來點軟性、詩性和暖意。潘先生喜歡的小說結構是迴環往復、生生不息。如小標題隱喻小說結構循環；面孔的皺褶會說話，從祖母的皺紋，拷貝到母親的皺紋，再蔓延到我的皺紋，一路鋪展。讀懂皺褶密碼，靠善感的心。推己及人，作家對讀者也做此想。他的小說總是出現「你」，你是誰？男性女性？人物還是讀者？「你」可以說隱喻作家尋覓知己讀者的夢。但「你」更關鍵的解碼符，是名叫NANA的女子，她恰似作家的分身、雌雄同體的影子，魯迅說要告別的「我的影」，作家的某個隱含作者——理想狀態的寫作者。到壓軸之作〈分裂的人〉，作家以後設小說的筆法，剖析「你」與「我」的如影相隨史、你的性別變化史，這裡，「你」又恍若思覺失調術語下的重重幻影，如《二十四重人格》。可是，潘先生作品近來似乎轉向對物說話，而不是對人傾訴，或許這是物時代的症候。一組俄羅斯套娃，他能獨闢蹊徑地想像出七個套娃姊妹的故事，造出各種思念故事的分身版本，最後，一個男子，以他思念的女子為原型，造套盒娃娃，愈造愈小，直至消失，如同所有的思念故事。潘先生的小說收束總如豹尾，鞭出深意。最出人意表的結尾當屬〈「死魂靈」出版社〉，一個出版去世作家作品的編輯娜達，化身為NADA創作和評論，並給《一個作家消失了》長篇書稿做編輯，最終，讀者才發現，書內書外的兩個女子NADA、NANA都是娜達的化身。娜達自己給自己編輯手稿，付稿之日即是生命完成之時，以投給名副其實的「死魂靈」出版社。讓人毛骨悚然的小說。詭異、冷峭、苦寒，潘先生作品風格漸顯，勸讀者，若病中，萬勿讀潘先生小說。但不管如何，潘先生的小說富有創造力，很多的話語充滿玄機，如「對於作家來說，唯一的缺口在書頁上」、「只要能穿透玻璃，我就能穿越妄想與理想的邊界」。「He's a real nowhere man, sitting in his nowhere land, making all his nowhere plans for Nobody.」披頭四的歌成了一種印刻。潘國靈小說值得深入研究，所以，我才會極力推薦自己的研究生鄧文娟做系統考察，以此為碩論選題。〈我城零五〉是成功逃離了「影響的焦慮」的妙文，其好處容我另文詳述。我自己所撰寫的潘國靈評論文章已有若干，現在漫長的等候發表途中。

凌逾（廣州華南師範大學文學院教授）

目次

靜人活物

石頭的隱喻

1

小時候，我的母親很喜歡說故事，說一些很奇怪的故事。譬如說，有一個女子因為思念遠去的丈夫，立在山頭上等呀等，吸取日月精華，就成了一尊石像。人們給她一個名字，叫望夫石。望夫石懷裡抱著一個孩子。我聽著覺得有趣。後來她帶我到一個山頭，遙看了這尊望夫石，於是我相信，再奇怪的故事都有可能是真的。

她說女媧補青天，精煉了三萬六千五百零一顆石頭，全用光了，除了零零丁丁剩餘的一顆，這一顆後來墮落凡間，就成了一塊通靈寶玉。母親說，你知嗎？你出世的時候也是啣著一塊石頭來的，所以我就叫你做「石仔」了。我知道母親又在給我編織故事，但與其說她是杜撰者，不如說她是說故事者——負責把故事收集、再用一把口來搬演的人。她說的故事有著樟腦的味道，神鬼仙怪妖佛魔，什麼都可以變成石頭似的。或者因為我的名字叫「石仔」吧，她說的所有關於石頭的故事，我特別聽得入心。有時我不能入眠，哄著她給我說故事，她隨便都可以說一個，有時我使性子，非要她給我說一則石頭的故事，不讓她離開我的床緣，或撳熄我的床頭燈。她笑說，人家收集石頭，你卻是收集石頭的故事呢。

在這之前，我其實並不知道世上真有石頭的收集者。石頭有不同大小、不同年輪、不同形狀、不同密度、不同紋理、不同質感。一次跟母親旅行時，我看到兩個孩子在灘岸一堆碎石堆中，撿拾石塊如尋寶似的，原來他們在挑選一些晶瑩剔透的，向路人兜售。母親路過，給了兩個窮孩子幾塊錢，換回一塊似玉又似石的東西。母親把這塊玉石放在我的心口，說，回家在它身上戳一個小孔，穿一條繩子，繫在脖子上給你掛著，做你的生日禮物。那年，我十一歲。母親又說，不是人人戴玉都好的，但石仔你一定會。果然，隨著年月，這片本來瘖啞的玉變得愈發通透、綠裡帶白，拿它在陽光之下照，可以看到玉的內心。我天天把它戴在身上，只在沐浴的時候把它脫下來，而後來，即使沐浴我也懶得把它脫下，乾脆就讓它跟我每天洗滌身體吧。再後來，它不見了。我不知道我怎麼把它丟失，只是當我把它想起來時，它已經失掉了。又或者說，恰是它的不在，我才重新把它想起來。總之，從此，它由一塊玉石，又變回一個石頭的故事。

所有故事都可以變成石頭的，母親說。我記著，好像領悟了一點世情。

2

每天放學，母親都會在學校門口等我。拖著我的小手，回家路上我們會路經一條石板街，一級一級如石梯般層層遞落，母親說：「石仔，你看這條石板街，日子有功，石頭都被路人的鞋子磨蝕了，其中，有我們的份兒。」我看看石級，果然給磨得光溜溜，但凹凸中也綻放著明暗有致的缺口裂縫。

在許多次回家路上，我想我一定問過母親你關於生之奧祕，譬如，「媽媽，我是從哪兒來的？」我當時以為母親你什麼都知，但這個問題你沒有答。或者應該說，不曾給過我一個滿意的答案。「你叫石仔，不就是從石頭爆出來的嗎？」又說：「你當然是從我的肚子出來的嘛。」其他的媽媽也好像這樣跟孩子說過。

只在一次你帶我到寶雲道上看一塊巨石，一柱擎天的，你揭開了謎底。「這塊石叫姻緣石。」是的，「姻緣石」三個字，以紅色墨彩寫在大石之上，我看到，但「姻緣」這兩個字，當時於我還是有點深奧。你說，「媽媽為了懷你這骨肉，就來到這姻緣石摸摸，誠心求拜，結果靈驗了。所以，我就把你的名字叫做石仔。」原來，「我是從石頭爆出來的」——不全是一個笑話。

你給我翻開書本，從頭細說，石仔，人類祖先從石器時代開始，原始人居於岩穴中，所以我們稱他們為「穴居人」。他們很聰明，學會擊打燧石取火，有了火就有光明，我們現在反而不懂得的。但，石仔，你不要以為所有狀似石頭的東西，都一定是石頭。譬如說，有一種魚，不動的時候與石頭無異，但牠們不是石，牠們是魚，所以人們稱他們為「石頭魚」。一些怪石，長年暴露於天地間，吸取日月精華，會成精。譬如從前有一個石家莊，石家莊裡有一座石廟，石廟門前有一對石獅，經過百年光景，一天，石獅忽然不見了，人們說石獅成精，逃出生天。

我一直不明白而沒問出口的是，母親，你的名字叫陳玉。以你對石頭的敏感，不可能不知道有一個成語，叫玉石俱焚。由此我猜想溫婉輕柔的母親你，靈魂內也許有我所不知曉的凜烈。

3

「石仔，你喜歡石灘多一點，還是沙灘多一點？」我記得有一次你這樣問我。

其實應該是我先問你：「你喜歡山多一點，還是海多一點？」你的答案很年輕，年輕得如同當時的我，都是比較親近海的。然後你問：「那你喜歡石灘多一點，還是沙灘多一點？」那天是我們第一次結伴出行，來到石澳，我答：「我叫石仔，當然更喜歡石灘啦。」於是我們就棄走沙灘，走到更遠一點，人跡稀少的石灘。我並不是存心握你的小手的，但原來在石灘上步行，對一個女孩子來說是有點難度的，更別說那些受海水滋潤染有青苔的，連我走起來都得格外留神。於是我伸出了幫助之手，你接著了，一步一步，上上落落，在由石頭堆成的灘畔中，我們挑選了屬意自己的一塊。選定了，這裡陽光不太猛烈，石頭表面比較平坦，即使潮漲海水也不會濺上來，充當我們的天然座椅實在是理想極了。我們坐下，聽白色的浪花拍打石灘，融入了我們的喁喁細語，海水在陽光的照耀下閃出一鱗鱗銀光，整個畫面看來都是清藍的。

是的，母親，十八歲那年，我生命中有了第一個女子。她與我是同校同學。她修文學，我修哲學。我告訴了你。你說，石仔，現在輪到你給媽媽說故事了。哪裡有愛情，那裡就有故事；我的故事早已枯乾，你的卻有待生長。

4

你知嗎？我們曾經是恆久的夙敵。她說，既是恆久，又如何曾經？果然是念文學的，一下子就把我的語法錯誤找出來了。我當時並未理解，曾經的東西，的確是可以恆久的。於是我就正色道：「我說的是，哲學和文學曾經是死對頭。你有沒有聽過，柏拉圖把詩人逐出理想國？」「但後來，亞里斯多德又把詩人接回來呢。」可以搭上嘴就好了。在偌大校園，如果當時有所尋索，應該就是一個跟我可以談上文學、哲學的知心友。我們竟然懂得將初習的學問轉化成日常的話題，請相信我，無論當時如何幼稚，這完全是出於真心而無半點炫耀之意。崇尚知識名牌大抵一如現在年輕人追逐消費商品——如果後來大學生不再把柏拉圖、亞里斯多德掛在口邊，只是我們把這兩位先賢逐出了我們的理想國。

文學跟哲學遇上，其實是在一門「希臘神話」的選修科。老師說薛西弗斯觸犯眾神，被宙斯降罰，於陰間把一塊巨石滾上山，由於它本身的重量，巨石每到山頂便滾下來，他又得從山下把它推上山頂去。這徒勞無功、無止境的工作，神祇看以為是最可怕的酷刑。你在我兩行前把頭擰過來，看了我一眼，好像在給我傳情達意。但我不是一塊巨石呀，我只是一片小石。我行走的步履很輕，時常像飄的，你說。

當「希臘神話」其中一堂課說到Medusa的故事，你就拿它做自己的英文名字了。話說希臘神話中有蛇髮女妖三姊妹，其中一個是麥杜莎，為凡間一個美麗女子，竟斗膽與智慧女神雅典娜比美，被雅典娜施法，將其秀髮變成無數毒蛇，誰人只消看她一眼，便會立刻變成一塊石頭。你說，你現在注定是我的囊中物了。

「難道你寧願變做女妖嗎？」

「總比平凡的好。」

「那我不敢直望你了。」

「不，我要你看著我。」

我把視線從手上的書本，抬到你的面龐上。

「不，不要看著我的眉頭，我要你看著我的眼珠子，直望進去。」

我看進去了。

「看到什麼？」

「魔鬼。」

「還有呢？」

「美麗。」

「這個當然。還看到什麼？」

「自己。」

「對了，我的魔法已經生效了。」

「但你好像還欠一頭蛇髮。」

「沒問題，我會找髮型師弄弄的了。」

5

所以，當我第一次帶你回家的時候，你的頭髮已變成一盤蛇髮，一束束捲曲像蛇的波浪，染上了啡棕色的，散落在兩膊之上。陳玉跟Medusa見了第一面。也許是你的蛇髮太搶眼，我發覺母親不時定睛盯著它。我不敢告訴母親關於Medusa的典故。我只偶一不慎喊了你的名字一趟，母親聽到了，差不多都開口問了：「麥？」我打趣說，你的花名叫麥提莎，因為你喜歡吃一種叫麥提莎的朱古力，你接口說，是呀，日子有功，頭髮就變成咖啡色了。母親笑說，是嗎，那下趟見面我給你送一盒。你乜斜著眼望過來，跟我發出一個好像彷若共謀的暗笑。母親被我們隔於暗笑之外。我第一次覺得，我好像欺騙了母親一點什麼。

其實也毋須顧忌的。母親應該沒聽說過Medusa。關於石頭的故事，我長大後發現，母親並不如我小時候想像的那麼無所不知。她會知道，金玉良緣、木石前盟、終生誤、枉凝痴。她會知道，金馬成精、石獅作祟、老榕成精，種種的古老傳說。但西方故事的一大片世界，是她所不曾探索的。她不知道，有一個神話英雄叫薛西弗斯，每天被懲罰把巨石滾上山，巨石到達山巔又會滾回山腳，如此來回復返、永劫回歸。她不知道，有一個哲學家叫海德格，說存在被置於被遺忘的狀態，就像我們平日穿鞋子忘了鞋子的存在，只有當我們在鞋子裡放一塊石子，方才復知它的存在。這是我在存在哲學課中學到的。她不知道，有一個俄國文學理論家叫Victor Shklovsky，說文學之道在乎陌生化，其金句是「to make the stone stony」。這是麥杜莎在文學理論課中學到而轉告我的。轉告的方式是一首詩，我十九歲生日時她給我寫的一首，尾句是「使石頭成其為石頭」。

母親，我沒聽你說故事很久了。從什麼時候開始呢？現在竟已想不起來。或者是我第一次鬆開了你的手。第一次推開了你。某天我說了這一句話：媽媽，我大個了，你不用再天天跟我說故事了。也許並沒有真的說出口，只是我在生活中，切切實實這樣做了。在你面前我收起了一度張開的耳朵。

你一再喚我：「不要看我的眉頭，看我的眼睛。」我看進去了，黑色瞳孔中有自己。剎那間你又閉上眼睛。「我不讓你看。我不想你變成一塊頑石。」「不會的，Medusa，就算我是一塊石頭，也是一塊有情的石頭。」趁著你閉起眼睛，我把嘴巴印在你的嘴巴上。又或者是為了迎接第一個吻，我們才閉上眼睛？濕潤、柔軟、細膩、懂得捲動的，那的確不是一塊石頭。我知道了。

我告訴你，關於石頭，小時候母親給我說過很多。你回嘴說：「以後，我會給你說更多。」竟然帶點醋意，女子，實在不是我所能明白的生物。

你說，石器時代已經太湮遠了。

你說，石獅沒有了，因為已經變做銅獅。

你說，這個城市已經沒有石家莊，這個城市叫石屎森林。

你拉我到石澳，在海灘上撿石仔打水漂，我創下了石仔在海面上彈跳六下方才沉沒的紀錄。你說我果然名不虛傳。

我帶你到寶雲道看姻緣石，你說早見過了，要看就要看沒見識過的。最近也要去天涯海角。我一臉問號，你說，天涯海角你也不懂？你虛有其名呀！就是兩塊石，在海南島，一個在左邊，一個在右邊，上面分別有人用紅色墨彩寫上：「天涯」、「海角」。

後來又說，不，天涯海角都太普通了，英國威爾特郡有一個著名巨石陣，是史前建築遺跡，至今其起因和建造方法仍是一個不解之謎，懷疑可能是外星人留下的。這才是真正深奧有趣的玄學故事。你說，大學畢業怎都要去一趟歐遊，這是我們要去的其中一站。我面上略有難色，因為我們並未有足夠的積蓄。

未去到歐洲前，我們去了一趟澳門，你說這裡也很有歐陸風情。我們踩在議事亭前地的鵝卵石上，細意漫步，我說「鵝卵石」這名字真有趣，我其實從沒見過鵝卵。你說鵝卵石給許多路人的鞋子磨得光溜溜，其中有我們的份兒。這個故事我倒似曾相識，一定是你轉化自我的。

二十歲生日時，你給我在電台點歌，我喜歡民歌組合Simon & Garfunkel，你特別挑了一首〈I'm a Rock〉。「I am a Rock, I am an Island/And a rock feels no pain/And an island never cries...」你說歌詞多酷，男人要cool才行，我說如果我真的變了一塊頑石，你還會喜歡我嗎？你說無論我是頑石岩石礦石隕石鑽石鐘乳石活化石，都一樣喜歡。因為無論我是什麼石，都是你的傑作。

「你忘記我就是蛇髮女子Medusa嗎？」

「或者我要考慮把英文名字叫做 Perseus。」

「好的，我就把我的頭顱交給你。」

你把頭顱放在我的肩膊上，柔軟彷若無形的身體蓋在被子裡，只露出了誘惑的頭顱，紅色蛇髮披散在我臉上。我無力招架，任它遮蔽了視線。反正我們都準備關燈了。蛇在被子下蠢蠢欲動。

麥杜莎呀麥杜莎呀，我不過望了你一眼何解我就變了一塊堅硬的石頭。

7

石仔，還有什麼故事呢？輪到你說故事給母親聽了。是的，是的，你告訴過我了，關於你的麥提莎，這名字太滑稽。滑稽不是我所喜歡的。我就叫她麥子好了。麥子落在石頭上，如果麥子不死，也算是登對的。你以為西方的知識我不懂嗎？媽媽可是看過聖經的。我說，找天帶她上來吃趟家常便飯吧。但你始終沒再帶她來。

你告訴我，這個麥子很頑皮。她把一小片石塊放在你的鞋子裡。你在學校宿舍一覺醒來，把腳套進鞋子中，飛奔趕校巴赴早課，走著走著覺得有東西硌在腳底，脫掉鞋子，竟然就找出一小塊石子來。你馬上就想到這是麥子的鬼主意，因為前晚你才跟她說一個叫什麼海德格的哲學家，說什麼存在平日被置於遺忘的狀態，就好像人們平日穿鞋子，根本忘了鞋子的存在，唯有在鞋底放一塊石頭，人們才想起鞋子的存在。這是你說故事的方式，不是我的，但我聽過一次，就可以用你的話語複述出來，也可以說，現在是孩子教母親了。

我懂得這個哲學家的故事。因為，如果這個世界有神，祂最近也把一小片石塊放在我的腎上了。我不知它在體內沉睡了多久。直至它發出了微痛的呻吟，我感覺有些東西在體內騷動。微語把我帶到超聲波機之下，醫生說，腎臟結出石子來了，我方才省起，我把我的內臟也忘記許久了。為什麼是腎，不是膽，不是胃，不是膀胱？是所有器官都適合石頭生長的嗎？醫生說，這腎石體積極小，差點連超聲波都走漏了眼，因為那麼細小，用激光擊碎是不太可能的。「我給你開一些藥，讓它自動融解，希望它可以透過尿管排泄出來。但這個說不準，會給你密切檢查，看石子有沒有增大。也給你一些止痛劑。」微痛的呻吟逐漸演變為陣痛的叫囂，再而擊起劇痛的巨響。那麼的一小片怪石就夠你承受了；止痛劑也敵不過它。這個時候，我倒想好像哪個哲學家所言，把存在統統都忘記，我的器官，我的身體，以致我的靈魂。從小至大，我給你說了那麼多關於石頭的故事。結果最後的一片，竟然長到我最私密的身體之上，我卻對它守口如瓶，你假日自宿舍回家，我一聲不吭，至痛得難以承受的時候，也只是把房門關上。石仔，不知你有沒有發現母親比以前沉默了許多？我好像曾經告訴過你，所有東西最終都是會石化的。我只是沒想到，譬喻最終是變成事實了。其實也不是沒想到的，一切只差時間。

你大學畢業，說想去一趟長旅行，說這是很多大學生的一道畢業儀式。我明白你的意思，當然不是邀我同遊。你有你的世界，我可以做的，是在旅費上給你支持。我知道，你這塊石子，是擲到海上愈彈愈遠一下兩下三下回不來了回不來了。對此我有足夠的心理準備，或者也可說，你慢慢讓我習慣了。一個月的離別也不算很長。我只是有點難言之隱。想不到是這個時候，偏偏是這個時候。當石塊在我腎上游弋每遊一下就像螺旋輪在體內猛鑽一輪。我感覺它正在體內滋生，有了愈發壯大的力量。它的力量把我一分一分的侵蝕。我在床榻上而你在天涯海角處。

聽說所有東西都是會石化的。柔腸要多久才變成鐵石心腸。物化是唯一的歸宿。我不抱怨，這純粹只是痛楚的呢喃。

你回到家中也許我安然無恙也許我身在白色巨塔。回到家中你給媽媽在床畔說故事好嗎？說說你去了什麼地方踩過什麼石地摸了那塊石牆看了什麼石頭？我的故事早已枯乾，你的卻正在上演。只是當記，如果有窮孩子在灘岸撿拾石子，就給他們幾塊錢買一塊吧。這樣的孩子遠至中國的北極村都有。就給我寄回一塊中國最北的石頭。是的，十一歲生日我給你掛在脖子上的一片玉石你還記得嗎？你把它丟失了。我最近一個人在家中無所事事竟然在櫃桶底翻了出來。原來它一直沒有丟失只是你把它遺忘了。現在就放在你的床頭。回到家中如果我不在你見到它時請想起媽媽。如果你喜歡或者你可以把這塊玉石送給麥子，讓她知道我們的故事。

面孔的皺褶

1・脖子

我說，如果你真是懂得愛，這是你要開始學懂愛撫皺紋的時候。我拿起你的手，你縮回，我再拿起，按在我的臉上，引導你的手指在我的臉上遊弋。我說，開始總是不動聲色的。總是會有一個地方先失陷的。我說，你與我朝夕相對，但你何曾真情細意地感受我的面容？或者曾經，但很久沒有。我說單用眼睛看是不夠的，重要的是用心撫摸，觀看是冷硬的，只有撫摸是溫柔的。我說將帶你展開一段面孔的時光之旅，會走過沙漠、走過世代、走過動物園；出發點，不如就由脖子開始。我開始述說，示意你細聽，不許胡亂插話、打斷行程。我是今趟旅遊的嚮導。你說好的，今天一切由我，且聽我說到故事的盡頭。

二、外婆

聽說在這世上，每個人最終都是會枯乾的。開始可能是漫不經心的，如皮膚乾燥，逐漸，乾燥的面積擴大，有些從手部開始，有些從脖子開始，有些從頭頂開始，皮膚愈來愈乾癟變薄、瘖啞失色，也有是突如其來的，如嘴唇突然龜裂，從此無法縫合。這些，我明明都是見過的。

我記得我的外婆，五十多歲時，雙手就粗糙得如粗粒沙紙，握著我的小手經常會擦出血紅來。六十多歲時，最突出的是頸脖，一塊鬆垮的皮長長的吊在下巴，摺疊如捏過的皺紙，我想過勞作課用皺紙時抽它的一把不用破費耗時到書店買。或者，她摺疊的下巴本身就是一個複雜的勞作，在所有可找到的摺紙書中，都沒有教到。只是摺紙是愈摺愈厚，人的表皮卻是愈摺愈薄，到最後彷若氣球吹至極脹，忽然爆破。

當平滑的光面變成磨砂玻璃。當柔順的肌膚變成塊狀魚鱗。這些，我明明都是見過的。只是當時不以為意，甚至覺得得意，以為外婆生來如是、本該如是。我當然明白她也曾年輕過，但我沒見過。沒見過即無從見證，壓根兒連一張照片也沒有。外婆給我最後的印象，就是一塊蝙蝠皮，倒吊在脖子之上，上有黑斑斑點點綴。

身體的萎謝，沒理由不留下一絲剝落物的。外婆的身軀愈縮愈小，奇怪是那縮小的體積不知往哪裡去了，都隨生命的氣精而蒸發掉了，如果那是物質，應該可以轉化出許多能量。外婆死的時候，身體躺在一具柳棺之內，小如一具熟睡的嬰。埋入泥土之後又是如何？這時候還是比較流行土葬的。乾枯的身體還有沒有滋潤泥土的本事？我不知道。但墳頭的確長出花朵來，有蝴蝶圍著花兒翩翩起舞。這一年，我們還非常年輕，你來不及看到我在生的外婆，第一次見面，竟然是在墳場告別。

3・面頰

你說記不起來了，由下巴走到墳頭，跳躍實在太大了。請容納我的意識流。皺紋不就有幾分像河流嗎？（江河日下的「河」，似水流年的「流」）。我於是把你的手放在我的下巴，問你，感覺如何？你說，還尖尖的，拉得很緊。我說你不夠細心，認識的時候仍是尖尖的，現在中間已微微出現凹陷，快要成雙，好像一個布冧。

我說生命是一場摺禮皺紋愈摺愈厚愛情愈摺愈薄，你不明白。我說，你當然不明白啦，你受上天眷顧你得天獨厚，皺紋常常避開你，你好像永遠不會老。我說你永遠只是旁觀者旁觀著他人的衰老。你說如果這是上天賞賜我何以把賞賜當作罪行來說呢？況且我打開過你的心嗎難保它也不堪擠壓摺皺處處。但我說的不是心不是精神而是暴露於天地間的一張面容。你說好的我面上的風霜不及你深我且靜心聽你說。我說面孔其實不僅會自我摺疊，其實也會摺合在另一人的面上。於是我說到母親。我把你的手帶到面頰兩旁。

四、母親

直至年輪出現在我母親的臉上，我開始明白這叫做歲月的消磨。離世的外婆消失許多年後，好像返魂一樣，竟將摺皺的勞作延續到我母臉上，母親竟然跟外婆的面容摺合起來，彷彿有點相像了。小時候人們說母親的外貌酷似外婆，就像「餅印」一般，我看來看去不明白，原來是遲來了幾十年。

母親說，她又聽到骨頭在身體內打鼓。頸椎的肌肉又硬了一塊。就在吸氣與呼氣之間，肝臟有那麼一小片被纖維化了。軟骨磨蝕，膝蓋如枯藤般不堪碰撞而曲折。外邊濕度百分之九十，身體之內卻長年旱季。一個人愈活愈退縮，縮至後來以身體房間作牢房，與外邊世界再無相干。

殘忍靜悄悄地爬到臉上，暴露成一條條綻裂的蚯蚓，它再不是與己無干，長在他人身上的樹的年輪。人們稱那些蚯蚓為皺紋。皺紋在不同部位又有不同稱謂，如眼角的叫「魚尾紋」、顴骨兩邊的叫「虎紋」，真是形象化得可以。虎紋愈深是否城府愈深，這兩者原應是沒什麼關係的，這純粹是歲月的問題。總是會有一個地方先失陷的。母親不愛笑，最先失陷的地方卻是嘴巴。沒表情的人有了表情紋。虎紋綻裂，如老虎的觸鬚在顴骨兩邊散開，直刺進嘴巴兩邊。跟外婆不同，外婆的蝙蝠皮於我好像自有永有，但母親，卻是經歷一場大病，整張面孔忽然就衰敗下來，衰敗得那麼徹底，幾乎可以肯定，無法復原。

光滑如溜的表層盛不著東西，有了凹坑，有了裂縫，如果住不進一隻動物，應該可以填塞進許多灰塵。

你與我到醫院探望母親，母親說：「老了，不中用。」說時竟然抿嘴一笑，嘴紋就在這刻綻裂眼前，說是老虎的觸鬚，其實也像一個蜘蛛網結，剛好與你的視線交碰，我意識到你作勢轉身倒水，把臉移開。我明白，你不是不想看我母的臉，你是不欲看見，生命的殘忍。身體的變異是驚心動魄的。但那麼靜謐，如果你不想看，你可以別過臉來。大概在那一年，病房的氣味蝕進我的皮膚之中，久久不能消散，而你，是否始終有著天生的免疫力？免疫力是否得力於對生命的一種不感症？

5・眼角

你說由面頰走到病房，這距離於你太遠了。可以避開就避開吧。但我不許你把手縮回。你的手仍停棲在我的面頰上。我問你覺得怎樣？你說仍有少女時的兩片紅暈。只消沒說「殘留」，我看這是一種仁慈，雖然對於你對殘酷的不敢直視，有時也有幾分厭惡。

我摸摸自己的眼袋，又活過一天不知它又重了多少下垂了多少，哪怕是肉眼所不能見的纖毫微末，日子有功它應該慢慢都會變成臉上兩個背囊。興許你覺得這比喻有趣，你問：攜帶著什麼？攜帶著生之重載生之滄桑，我說。人們稱這兩個背囊為眼袋。唯一掩飾它的方法是，給它罩上一副墨鏡。最近我出門也習慣戴上墨鏡。墨鏡不再用來遮擋陽光，而是用來遮掩眼紋，光線暗下來，眼睛的衰頹我不準備展示。我看不清世界世界也看不清我。這樣說來，我也許其實也是一個逃避主義者。

但我不想你逃，我把你的手再往上挪移一點，帶到我的眼角。至於場景，如果嫌墳場太冷病房太灰，就留在我們的睡房吧，這裡有柔和的燈光，雖然我並非不知道，你有時也難免把它看作生活的牢房，暗自想逃竄出去，一下子，就當是放風。外邊有許多明媚的春光，我知道。

六、我

總是會有一個地方先失陷的。我的眼角也出現了疲態，跟外婆、母親所不同的是，我總是頑強的，作戰到底，仍未放棄給面孔灌溉，不到最後一刻不向生命的沙漠化投降。你在旁觀看多時，也曾不解溫柔的說：以人造的護膚霜對抗生命的風霜，終究也是徒勞一場。我說你懂得欣賞薛西弗斯推石頭上山何解就不懂得欣賞塵世的荒謬。就這麼一次，最後一次，我把臨睡前的梳妝當作一道神聖儀式，認真地給你展示。但願你明白，最世俗的東西都有它的一份莊嚴。

是的，我每晚臨睡前都會給臉部塗上防皺霜——你曾經覺得用在我身上是無謂的奢侈品，但歲月不動聲色，如今我也得承認，它們都慢慢變成生活的必需品了。防皺霜防不了什麼，極其量不過把必至之物推遲，一如我們以推遲策略對待很多生命問題，我們常常所做著的。如每天睜開眼睛，以為一步之遙的死亡遠在天邊，其實跟我們擦肩而過已好幾趟了。

「我們的眼睛是最容易出賣自己的。」我說，說時把防皺霜塗在眼角上，兩手分別合起中指和無名指圍著眼圈打轉，左手順時針，右手逆時針，左右眼眶就此變做兩個逆向行走的時鐘，互相對抗或對峙。

眼霜當然是一定要塗的。臨睡前我還敷了最新出品的水溶面霜，廣告說是以溫泉礦物提煉，內藏絲柔鎖水因子，即使睡著了，也可二十四小時保濕。我其實並不真正相信廣告，我只是需要一點生命的慰藉。如果它不是那麼廉價，我就不會那麼容易取得。你難道以為我可上天下地尋找武俠小說中的天山雪蓮嗎？你不明白，當我從母親的面容看到外婆，我知道，母親的面容遲早也會摺疊在我的臉上，而且離此日也不遠了。這於我是多麼可怕的一回事。你不明白，你不明白，人們都說你不懂得老，你是彼得潘，人們都說我們愈來愈似兩姊弟了。

睡著也可保濕，你也曾說我有一雙水靈的眼睛。但當水靈的眼睛變成兩口枯井，你還會喜歡她嗎？到底你喜歡的是我的靈魂還是我的軀殼？是整個的我還是昔日的我？我苦苦追問，我終於看到你，低頭懊惱，若有所思。眉宇間乍現一道淡淡的波紋，這是真真實實的，皺眉頭。

7・額頭

你對青春總是念念不忘。因此我與你，雙人床上，一個睡在左邊，一個睡在右邊，中間永遠隔著一道恆河。我說你愈來愈少靜看我的面容，你心裡清楚，我沒說錯。你目光斜視，你不想看到皺紋。你惦念著青春的女子，醒來，另一個我卻睡在身邊，仍慵懶著，魚尾紋靜悄悄地爬到眼角，你不敢告訴我。你別過臉去，不欲看見，生命的殘忍。於是我唯有，把手再向上挪移，這回不是你的手而是我的手，不在我的臉上而是蓋在你的額頭。我適時給你遮上一面鏡子。鏡中的你眉頭深鎖著，有火車劃過，聽真，那其實是窗外的隆隆地車。你鬆開眉頭，聲音就不見了。

八、你

總是會有一個地方先失陷的，我一早告訴過你。可能是頸脖，可能是兩頰，可能是眼角。什麼地方在你面孔先出現裂紋，我曾經等待著謎底在你臉上揭曉，差點耐不著性子。結果原來在額頭，男性特別致命的地方。人們稱額上的皺紋為「火車軌」，別名「思忖紋」，這也許真是與思忖得多有關的；裡頭必然少不了我的播種。

你的面孔仍是騙得人的，但額頭已出現敗退跡象。三條火車軌印刻在你額上，從此，你的頭顱不時會響起火車聲，火車的蒸氣，也許會透過面孔的孔洞排出，名叫怨氣。我的外婆我的母親以及我一早已給你預演了生命，我一直摺一直摺終於把淡淡的皺紋對摺在你的臉上，這是我有生以來做過的最艱辛最偉大的勞作。從此你不可再說無所感了。

開始總是不動聲色的。當你自覺微老的時候，便開始老了，繼而老去。由微老到老了到老去，不動聲色的，也許根本互相摺疊，一個全然不受你控制的加速過程。

額頭只是開端，它的面積將隨同髮線的後移而不斷擴大，直至一天，一覺醒來，你將掉落一地頭髮。是的，身體的萎謝，沒理由不留下一絲剝落物的。如果這天臨到，我答應你，我會悉心打掃，從你身上掉下的黃葉。我甚至會挑選一些，與我的黑髮白髮盤纏，編作髮結。這理應是一對情侶最美妙的紀念。

殘忍在鏡子中乍現，我自己也愈來愈怕照鏡子了。當年那個喜歡照鏡子、想著「劉海好呢還是露額好呢孖辮好呢還是馬尾好呢？」的那個少女已經遠去了。她寄居在我體內但漸漸已跟我全然無關了。

「劉海好呢還是露額好呢孖辮好呢還是馬尾好呢？」我確曾這樣問你，在青葱歲月。你記否當時怎樣回答我嗎？你說：「什麼都好。」我鼓起泡腮，以為你敷衍了事，你連忙解釋說，「什麼都好真是什麼都好。所有東西都是美好的。劉海好露額好孖辮好馬尾好長髮好短髮也好我愛你的千嬌百態你好我好什麼都好。」如斯景象確曾在二十年前發生，如今回想，是否有點彷若置身夢境？

「劉海好呢還是露額好呢孖辮好呢還是馬尾好呢？」如果今天我再問你，我猜你的答案仍會是：「什麼都好。」只是同一句話，走過歲月，意思卻不大相同了。沒所謂啦，什麼都好，什麼都不好。沒所謂啦。這有時甚至成為你的口頭禪。

只是我很清楚，現實生活中，我是不會再這樣問你了。我心裡清楚，孖辮、馬尾、劉海是早已經甩掉了我也甩掉了時代。可幸的是，等了那麼些年，當年那個喜歡照鏡子、初次給頭髮分界、想著三七好呢四六好呢還是中間不分好呢的那個少年亦已經不在。我們終於可以稍稍打平了。

如果面孔是一疊岩層，歲月的重擔專挑幾個地方擠壓，填上摺痕如渾然天成的波紋，只是岩石皺褶人們當作奇觀，可爬在臉上，又多少令人心慌。我一直耐心等待你的微老，如巫婆日夜默念，練著把皺紋對摺在你面上的魔法。誰叫你這麼乖乖聽話不中途打斷我，容許我把故事說到盡頭。難道你不知道咒語就是由故事煉成？由外婆到母親到我，由墳場到病房到睡房，這個故事已經說了很久，比一千零一夜熬得更長。當皺紋終於爬到你的臉上這樣我們也許可以比較看齊可以靠近一點也許你會更明白何謂愛。可以緩緩地看著並承受著互相衰老，這應該也是愛的考驗。昨天的我已經遠去昨天的你已經消逝，用記憶保鮮下來的一個是假的，那是一張時光定格；眼睜睜看著面部皺紋如藤蔓滋生的一個是真的，那是一段漸變的錄像。

我撫摸著你的額頭，重拾了一點我們之間久違了的親密。如果醒來我變身巫婆，請你明白，這原不是我的想望。

俄羅斯套娃

一

夢從樺樹上跌下來。樺樹不再寄夢，它被劈了手腳枝椏，其中一些，用來製成了平價的俄羅斯套娃。我手上的一個身價有點不同，它可是用優質的椴木做成，從俄羅斯國境，穿越中俄國際鐵路列車而來，進入這個叫滿洲里的國度，落入這個恍如童話世界流光溢彩的套娃廣場。套娃廣場很大，中心立了一個高三十米的巨大套娃，三面分別繪上中、俄、蒙穿上各自民族服裝的美麗女子，周圍立了八個功能性套娃，外圍立了兩百個代表世界各國和地區的小套娃，另有三十隻俄羅斯復活節彩蛋。我不準備對這個可列入金氏世界紀錄的套娃廣場多做描述，只要翻開旅遊書便可讀到它的資料。重要是我進入了八個功能性套娃的其中一個「肚腹」，給闢做俄羅斯紀念品小賣部的，除了俄羅斯套娃還可以找到俄羅斯銀器、俄羅斯鐘表、俄羅斯樹皮畫等，但讓我「一見鍾情」的，還是我手上這個俄羅斯套娃。對於「一見鍾情」這回事，我們也是無需多說的。

我把你接走了，並沒怎樣議價。我開口說話售貨員即辨出我的南方口音，不利於劈價，這樣也好，你的身價不至於被貶得太低。臨別時且瞥瞥這個你停居了不知多久的套娃廣場，於你儼如一個巨人國吧，大型套娃中竟然有列寧、史達林、赫魯雪夫和戈巴契夫，不能不說是殺風景的；我以為套娃廣場理應只是一個「女兒國」，男人是泥做的，玷污了木香。

如果不打開，人們看到的，就永遠只是你的表層，大部分你的同類，表層與內裡是極其相似的，分別只是肉身的大小。你之不同在於你和你體內每個分身都形貌有異，給你賜予生命的工匠，悉心給你和你體內每個分身，畫上不同的裝扮和故事，面容則幾乎一樣，如孿生姊妹般。因此，有時我說「你」有時我說「你們」，我把你的上下半身掰開，一個，兩個，三個，四個，五個，六個，七個，一字排開從高到矮連成一條弧線，好像可以在上面撥奏音符。「七」，這個數字我喜歡；如果一層軀殼是一層天空，你自身就成一個「七重天」了。

你有一個原名叫「瑪特羅什卡」，來自你的出生地俄國，俄文我不認識，且讓我統稱你們為「七姊妹」吧。把你們說成「姊妹」可不是我的胡來。你的面孔是一個標緻的俄羅斯女孩，頭戴俄羅斯帽子，身穿一襲薩拉凡連衣裙，上面飾有華麗的碎花圖案。更吸引我的是你肚腹內畫了一個圓圈，圓圈內畫了一個傳說，其實就是你的身世故事的其中一個版本——話說俄羅斯鄉村有一對兄妹，父母早亡，相依為命；一個冬天，妹妹瑪特羅什卡在暴風雪中消失了，哥哥傷心不已，便用當地木頭做了一個女娃娃，並畫上妹妹的美麗面容；他想到妹妹會每年長大，便每年製作一個木娃娃，一個比一個大，一個套進一個，好比他看著妹妹成長，兄妹永不分離。

是這思念故事把我吸引住了，「一見鍾情」其實也是可解釋的。比起其他套娃身上的故事，諸如東方三博士、馬槽裡的新生嬰孩，或者滿洲里五代國門之類，這思念故事更能牽動我的情緒，而且畫工也著實精細，絕非一般的粗糙貨色。

二

看了一場俄羅斯歌舞表演連自助晚餐後，我把你帶到一座鮮橙色有金色圓穹頂的建築物裡：一座名叫友誼但友誼在此地注定難以長存的友誼賓館。房間號碼八二〇，一人房間。我把你放在靠牆桌上，牆身鑲了一塊鏡子。我又把你掰開來，念及你的「二妹」在漆黑中也囚得久了，是時候給她放放風。

如果沒有一雙手把你的外壁打開，你看到的永遠只有一片漆黑。那漆黑如一張氈子把你腹裹著，跟你有著一樣的輪廓線條，只是比你大了一個碼子。在你被囚於漆黑的時候，你身外的那張掛氈，會把雙目所見的外邊世界向你體內傳音嗎？像剛才那場俄羅斯歌舞表演，舞者穿起俄羅斯民族服裝，雙手撩動裙襬雙腳踩著高跟舞鞋在台上踢跳扭動，其中的熱鬧場面，你是否感受得到？她們穿的民族服裝跟你身上的可不一樣，舞者穿的是火辣的紅舞衣，你身上穿的連衣裙卻以高貴的天藍色為主調，襯以素白，這顏色搭配我極其喜歡。我其實不特別懂得俄羅斯歌舞，只任憑腳步在步行街上挪移，經過一處叫「國際廣場」的地方時，瞥見門前屏幕閃亮著「為您打造『宴』與『舞』的完美享受」，肚子跟你一樣在搖動時發起䰂䰂的響聲，便進去了。

說是「國際廣場」，其實是一個大型宴會廳，宴會廳內放置了幾十張大圓飯桌，都鋪了紅布，椅套則是黃色的；宴會廳一面放置了自助晚餐的盛菜盤子，另一面是一個舞台，一班俄羅斯女子在台上載歌載舞，顧客在飯桌上一邊享受中俄蒙三地美食、一邊欣賞俄羅斯民族文化風情。

你的「大姊」以眼目接收世界，人們也以眼目來接收她。大部分時候，她充當著你們的面孔。當你被她腹裹時，你看不到東西，但椴木薄身，只要有空氣，聲音還是可以穿透的。尤其你們是空心的，空氣分子在你們體內震動，在不同層界上會震出幾重的聲音迴盪來嗎？如果你看不到舞蹈，應該可以聽見歌聲。剛才的俄羅斯民歌，來自你家鄉的，聽進你的耳朵，會勾起你的鄉愁嗎？我來自異鄉，又聽不懂俄語，奇怪那些〈三套車〉、〈山楂樹〉、〈莫斯科郊外的晚上〉旋律，我竟不感陌生，好像已聽過千回百遍，那手風琴樂音輕易把人拐回昔日純美的消逝歲月，或者是我自己不曾離開。

自助餐盤子間也放了不少俄羅斯套娃，都以鮮豔的紅色為主。說是「俄國風情演出」，不料俄羅斯歌者最後獻唱了一曲鄧麗君的〈月亮代表我的心〉，以不純正的普通話唱出，入鄉隨俗，卻又添一份異國情調。觀眾拍掌歡呼，但也只是一瞬間，跟著又杯盤狼藉，刀叉在桌上哐啷哐啷的響起來。如此聲音，聽進你的耳裡是共震還是耳鳴？完場時七個俄羅斯歌舞者一字排開，給台下觀眾獻禮，有食客擁上前去與她們一起合照。也許隨便添飲的自釀啤酒也喝多了，一時之間，醉眼昏花，我也錯把台上的歌舞者當成俄羅斯套娃。

三、四、五

一個家庭的兄弟姊妹中，最大和最小的通常都是最受寵幸的，中間的往往乏人關顧。三、四、五，難免扮演最大和最小者的過渡。但你們也並非沒有角色。

原來那思念妹妹的哥哥是一個牧羊人，在「三妹」的肚腹圓圈內，畫了哥哥在草原中放羊。「美麗的草原我的家／風吹綠草遍地花」，我想到前天未來到滿洲里前，在海拉爾參觀巴爾虎蒙古部落時，旅遊車上有人唱到。那草原叫呼倫貝爾草原，據說是中國最北、最大、最美的草原。下車即有姑娘遞上下馬酒，為表尊重，我也沾沾唇邊。進村後姑娘把我們帶到一堆石塊前，石塊疊起成一個小丘陵，上插樹枝、柳條，原來這是敖包祭祀區。敖包，蒙古語裡是「堆子」、「鼓包」的意思，最初由趕車人用石塊堆起做為道路及界域的標誌，後來演變成祭祀山神，上面插著的枝條則稱為「蘇德」，象徵成吉思汗和忽必烈用過的刀槍。我沒宗教信仰，但入鄉隨俗，我也跟著大夥兒圍繞著敖包順時針走了三圈，心中默念一個願望，好像是空的。有人繞罷圈子唱起〈敖包相會〉，又誇讚剛才在旅遊巴上播放的《成吉思汗》真好看。

想不到那敖包出現在你的肚皮上，解到第四個時，肚圈內的畫換成內蒙古背景。不是說那哥哥在俄羅斯鄉村生活嗎，怎麼會來到呼倫貝爾趕牛羊？嗯，中俄接壤，也許界河也不難跨越。那呼倫貝爾大草原，蒙古族的發祥地，一代天驕成吉思汗的故鄉，如今成了一個民族旅遊渡假村，上有蒙古包宿舍、射擊場、篝火場、馴馬場。團友還騎起馬來，一人一馬馬夫在身後保護。馬兒在沙地上小跑，馬夫嚷我唱歌，我生性靦腆沒開腔，他就放聲高歌起來，「敕勒川，陰山下，天似穹廬，籠蓋四野。天蒼蒼，野茫茫，風吹草低見牛羊。」如果那哥哥來到今天，他也會是一個給旅者策馬唱歌的馬夫嗎？如果他成了馬夫，妹妹會否就是給旅者遞上下馬酒的姑娘？

如一個人愈往內裡探進便愈幽微，解到第五個時，「五妹」的長相雖然跟「姊姊」相近，神情卻好像更陰鬱似的，也許距離外邊的太陽畢竟又隔了幾重。「天似穹廬，籠蓋四野」，身外四層厚的掛氈天空可不再是單薄的。我見猶憐的瑪特羅什卡好像也賭起氣來，「五妹」不錯仍是大大的眼睛、長長的睫毛，但眉頭卻深深閉鎖，也許她等哥哥來營救打開她，也等得太久了。也許她在妒忌她的大姊，可以時刻看到外面的花花世界，但大姊自有大姊的難處，出於坦誠或是安慰，她向五妹道：「我有時也羨慕你可以躲起來，我卻沒有隱藏的權利。」人尚且會自言自語，套娃會玩腹語術，自是不用驚奇。

六

如果「五妹」憂愁，「六妹」卻是生性自疑了。姊妹大小各異，但都為圓柱形，底部平坦可以直立，解到第六個時，才發現她底部硌著一木節，非常細小，卻令她站立不穩，買的時候我並沒有發覺。站立不穩，因此自疑。譬如說，她會問五姊：我真是椴木做的嗎？她會問四姊：會否其實是樺木呢？她會問三姊：哥哥真是掛念我嗎？她會問二姊：真有一個哥哥嗎？她會問大姊：我們會不會其實是：中國製造？不然的話，我怎麼會聽得懂：月亮代表我的心？

姊姊們：你們還聽過故事的另一版本麼？其實那哥哥不是哥哥，而是表哥，是瑪特羅什卡的青梅竹馬。後來哥哥離開家鄉，思念遠方的小情人，就造起表妹的替身娃娃來。

姊姊們：還有一個可能，我腹中娃娃不是「妹妹」，而是我的「女兒」。我們隆起的肚腹，看來起難道不像是一個孕婦嗎？我們各自的肚子都留有一條圓周的切邊，難不成這是醫生剖腹取胎時留下的刀痕？我的肚腹變成快將逼裂的蛋殼。新生之復活便是我之破碎，我不願意。

木香難以分辨，而溫差卻是可感知的。滿洲里在中國雄雞版圖裡的雞冠頂，一天的溫差上落很大。晨早仍然放晴，晚間風霜驟降，還灑了一場冷雨。我在脖子上圍上一條哈達巾。當我企圖旋開「六妹」，準備給她們「七姊妹」一字排開在桌子鏡前拍一張「全家福」時，不知是不是木料禁受不起冷縮熱脹的溫度變異，她啜實了，無法打開。

我搖晃她身軀，體內有一粒珠子在撞牆喊叫。我試圖像剝花生般掰開花生殼，取出裡頭的花生粒，但花生殼異常頑固。或者她是一顆核桃，那要剝開她可要拿槌子了，但結果難免會有所損毀。也許她想取代「七妹」，只要她不被打開，她就成為最小的。但這樣的話，一套七件的俄羅斯套娃，就只成六件了。缺一不全，我不會就此放棄。我不是醫生但我也許可當一個魔術師，表演刀下鋸人，刀鋒滑過肚腹，身體卻自能癒合，無血無痛。

七

「一個俄羅斯套娃無法旋開，她／它還是俄羅斯套娃嗎？沒有人給我打開外殼，我就注定要被囚禁終身。但也可能是，我根本不想出來。我害怕光明，也戀棧孤獨。我選擇退隱。」

「我的世界很黑，依稀感覺身外有身，像給一層層的天空包裹著，一層以外有一層，一層以外又有一層，每層都是一個保護罩，又像是一塊裹屍布。當我閉氣，至少我有一具棺材。」

「七個分身，只有我——最小的一個，身上沒有刀痕。最核心的也是最完整的，同時也是最細小的，如一顆種子。因為太細小，常常給人忘記，包括自己。」

「七個分身，從外到內，自我的多重分裂，最核心的部分為靈魂居所，完全對外封鎖。事實上我也無能為力，一個人與自己的內在尚存隔絕，何況之於他人。你能夠開到第六層，已經是很不簡單的了。再深我就驚惶了。」

「謝謝你陪我走過一段路程。明天，當你退出這旅館房間，可不需把我攜同。」

○

一個「哥哥」，他不是木匠，他是一個筆耕者，他在紙頁上，以他思念的女子原型，造了一個俄羅斯套娃。傳說中的娃娃每年變大，他的娃娃卻愈寫愈小，因為距離愈來愈遠，終至去到漠河，去到北極村，去到天邊星宿，消失如無形，如同所有的思念故事。

不動人偶

我已經與你朝夕相對了三天三夜。彼此隔著一塊玻璃。你在理想專門店玻璃櫥窗之內，我在櫥窗對出的妄想櫥窗街中。

被劈去頭顱的。被劈去雙腿底部變成一個衣架座的。頭顱圓鼓鼓光禿禿像一只大鵝蛋。五官全然消融只在臉上浮出凹凸輪廓。拉鏈從肚臍一直拉過頭頂，帽兜耷在頭上像一個大魚頭。在一堆奇形怪狀的人偶之中，立著一個完好身軀的你。

你身裁高眺、腰肢纖幼、小小的乳、平闊的肩，天生的一個衣架子，可惜是一具不動的玻璃纖維人偶。如此風姿綽約，如果你能走動，便理應穿透玻璃走上天橋，如一個頂級模特兒般在天橋上煙視媚行地行貓步，仰首同時含羞，眼珠子滴滴溜轉但不對焦任何人，因為任何人也不在你眼裡。然而你始終站立原地，被罩於透明的玻璃缸之內。

櫥窗人偶千嬌百態，遠勝真人姿色。你們都被點了穴不可動彈，而我卻是選擇自己不動的。我是那種把自己塗滿一身漆油、專門表演凝定不動本領的流浪藝人。流浪藝人在這個城市常常被驅趕，這樣的流浪藝人尤其不多。不過由於我的本領太過高超，在外國表演時，曾經有途人還以為我是一具立著的人體雕像。好奇的人在我眼前掩映，我眼睛眨了一眨，嚇了他們一跳。

再來的時候，櫥窗玻璃上貼上了「最後三天」的招紙。我不知道是新糊上去的，還是昨天我太定睛看著你，對其他東西無所感無所見。奇怪是你跟昨天的表情有著微細變異，平常人可能不覺，但看在我這個也堪稱身體專家的表演者眼中，不容易漏掉。你彷彿也跟這個城市心臟的上班族踏著同一步調，晨早人們看來仍一臉朝氣，到下班不過經過不足一天的時間，就好像久經摧殘，把一臉頹唐掛在臉上。晨早你雙唇微微啟開露出中間一排雪白牙齒，夜深，生命與沉默碰著，雙唇緊閉。白天舒展的眉頭，晚間皺起來不經意在額上印上一、兩道淡痕。我以為陽光對你並無傷害，畢竟你有厚層的玻璃保護，然而看真，陽光穿透玻璃打在你雙頰上也蒸出一暈雀斑。唯獨不受傷害的是頭髮，茂密盤曲如麥杜莎頭上的金蛇，不長一分也不掉一根。我定睛看著你時你定睛看著我，但我知道你什麼也看不見，你甚至連自己的美麗面孔也不知曉。

時鐘好像以另一種律法運行，三天之後又是三天，也許時光如你我的形體一樣，膠著凝住根本沒有跳動。櫥窗人偶會露出疲態，說來也太過天方夜譚，也許不過是我一時神經錯亂的幻覺。但野生石頭，暴露於天地間，吸取日月精華，久經年月偶也會有一塊成為石精、石獸、石怪，你雖隔著玻璃不受風吹雨打，然而也吸取人氣和陳死人的腐氣，有誰可斷言，在千千萬萬的模特人偶之中，不會有一個真的活起來，有了一顆卜卜跳動的人心？

表演藝人沒有觀眾還是表演藝人嗎？像我這種表演靜止不動的藝人，其中表演的精妙是與途人觀者做微妙的互動，視乎觀者反應，我有時會轉動眼珠、眨動眼睛、把前臂伸出做機械性的擺動、甩甩膊頭，甚至扭動脖子，然後頃刻凝住，隨時可以入定。說到這方面，你的本領比我更強，我見過櫥窗設計師給櫥窗人偶置換新裝時，把她們的胳臂旋開，把她們的脖子一百八十度扭轉，這令我嘆為觀止，儘管看到你赤身露體的剎那，我也認為你應有被蒙上幃幔不被看見的尊嚴。我總是希冀突破身體極限擴展表演可能，櫥窗模特也許亦可做我的參照。

然而妄想櫥窗街愈來愈人跡罕見。尤其入夜後，整條街肅殺寂靜如一個死城。購物者都轉而去買更實在的東西去了，如鑽戒手袋奶粉藥瓶，而肯定不是虛無的妄想或者理想。白天人頭鑽動又是另一光景，我流竄如過街老鼠，找不到一方屬於自己的臨時舞台。咯！咯！咯！很多對鞋子碰撞地面齊聲發出疾走的快板，如此凌厲有勁如不停行軍，誰給阻路準會被無情推擠以至一腳踢開。於是在凝止不動的「最後三天」我只有你一個觀眾，反過來說也可以說我是你唯一的觀眾，而且肯定是入迷的那種。然而出於根深柢固的表演本能，觀者不動我也不動，於是，我便站得更凝定了，幾乎可與櫥窗世界中的你看齊。沒有人跟我互動，我更陷入沉思，靜默地在腦內編織故事。也許暗地裡我在試圖突破一個自設的限制。

我向眼前的你伸出前臂。你在對面伸出前臂推開我。我擺動左手你的右手動起來。左邊的眼球轉動你還我右邊眼球一個逆向滾轉。表演多年我從沒遇過一個這麼合拍的對手，表演者與觀者的即興互動如此天衣無縫發生在我身上還是首次。

像我這種在露天表演的流浪藝人，最不可控制的還是天氣的陰晴。「最後三天」以來一直無風無雨，在我跟你進行了神奇微妙的互動後，一下子天空忽然降雨，雨水橫斜散落如一支支從穹蒼射來的雨針，打落在我身上如萬箭穿心，油漆如血開始在我身上化開來。這還不是動搖我意志的根由，畢竟我身上的油漆鬆上厚厚一層兼有防濕功能，除非灑落的是酸雨，否則要腐蝕我身還不是太容易的。更影響我心情的是，雨水打在你面前本來平滑如鏡的玻璃窗上，把它變成一面起伏皺褶的湖泊，粼粼波紋蕩漾在你臉上化做一團。你的面孔被模糊掉，有一道迴光瞬間返照。

也許凝止的世界就是等一場酸雨來跳格。再度放晴櫥窗上的「最後三天」招紙換成「最後一天」。時間畢竟還是會流淌的或流逝的，決心不動或無能行動的只是你和我。「最後一天」終於有人走進你店內，把你從櫥窗世界中接走。也許你就是這荒涼的理想專門店的最後一件貨品。那個把你接走的人把你的義肢解下來，將你的上半身放在輪椅之上。輪子轉動，你徐徐滑進另一個世界。也許那人會把你放置在自己家中的窗台上，窗台上一樣有厚層的擋風玻璃，繼續讓你面向大街，一如往昔冷眼旁觀街景的日換星移。

理想與妄想不過一塊玻璃之隔，此岸與彼岸的距離，無限遠又無限近。事情至此我終於有了更大的領悟。只要我跨得過面前那塊看不見的玻璃，也許我就能到達另一境界。周圍的風景都是主觀投射的。我以自己的想像設計舞台。我已經以念力為眼前的櫥窗空出一個位置，沒什麼可阻擋我填補你留下的空缺。

於是我邁開機械性的腳步，推開玻璃門，穿過這道界面，我從鋪滿瀝青的櫥窗街跨入鋪滿地磚的專門店。老闆娘從櫃檯中走了出來，說是「走」其實並不準確，因為她坐在輪椅之上，只是向前滑動的速度比我走路還快。我跟老闆娘說，你們知道，世界上有一種流浪藝人，把自己由頭到腳塗滿漆油，在公共場所表現凝定不動的本領，像人給點了穴似的；如果他們能在大街小巷出現，沒理由他們不可溜進櫥窗之中，尤其在我們這個城市之中，如果他們要爭一口氣，或者掙一口飯，玻璃櫥窗也許是他們的最佳歸宿。

老闆娘轉臉跟我說：「這個當然，我在這裡已經等了你三天三夜。只見你凝神不動、若有所思，又不確定你是否趦趄不前。沒有人可以替另一個人領悟，我高興你最終還是來了。像我們這種表演靜止不動的藝人，如果能做到與櫥窗人偶幾可亂真，可說已臻一種修為的境界，其實就是基本功的練成。一天站立十二小時，不僅身體不動，連表情、眼神以至視點也是固定的；當然也有一些因站立太久，雙腿不勝負荷，報廢了，但無怨無尤，也是一種凜然。他們退役了，不能再做表演，我們會安排他們打理店鋪。只有極少數的同道中人捱得過三天修練，但我們還是需要接班人，讓這門藝術，也可說是祕技吧，流傳下去。也讓不散的城市遊魂有一個收容所。不瞞你說，理想專門店不止一間，它以不同的名義在這城中開設分店，每間分店的櫥窗，都有一個人扮的不動人偶。如果你踏上這格櫥窗空出的位置，你就成為我們這個神隱組織的一員。」說罷老闆娘回到她的櫃檯，拿起筆來書寫，那麼專注凝定，乍看又像一尊蠟像。

我很羨慕你們可以在街上踱步、可以有移動的視點。可以抬頭看天空，或者低頭看自己的鞋子或影子。我佇立在一個定點，方塊櫥窗成了我的觀景窗，偶有一雙腿子從左邊進入又從右邊退出，或反方面從右邊入景又從左邊淡去，而停駐在玻璃窗前的眼睛並不多。我開始聽到體內骨頭脆裂的聲音，雙腿麻痺成兩捆樹根。我被囚禁於自己的軀殼之內、顏料之內、雕塑之內，以不動如山做為我當下的行動藝術。直至有一雙好奇的眼睛落在我身上，全神貫注如我之前給你迷惑一樣，我才可以獲得釋放。表演者與觀者總是需要互動的。表演還在進行中，只要能穿透玻璃，我就能穿越妄想與理想的邊界。有一對眼睛瞪在身上，像似曾相識的我。

密封，缺口

1・電梯大堂

NANA，你總是先我而行，一步之隔，或者兩步之遙，不近，也不遠。當我迷失於名利場上，你已去了修道院中。我在街上喊著或喊不出口號當兒，你已悄悄地離開了人群。當我仍耽逸於安樂窩中抱著粉紅攬枕，你已鑽進了幽黯無光的寫作洞穴，隨地撿拾荊棘以編織花冠。我在疑幻疑真的夢鄉徘徊，你甦醒過來而夢境不翼而飛。我站立於原地，你不住撤退。你離開了，我沒有。

鏡頭拉闊，我步出了家門。一個只剩下一個人叫做「家」的地方。我懸浮半空，同時踩在實地之上，我渾然不覺。這個城市，大部分人都住在一塊塊騰雲駕霧的樂高積木，多座橫扣成一道屏風圍牆，單幢存在則像一支直插天空的埃及尖碑。城市再無畏高，或者應該說，畏高的人不適宜於此城生活。你選擇從高處跳下墮向深淵，而我只能走進升降機內，依靠它高速下滑時產生的一點離心力，方才嘗到一點不真實的「暈眩」感覺。但也只是一瞬間。升降機的下墮非常穩定，我沒有扣上安全帶，但其實我又被升降機不為所見的暗室軲轆裡不斷轉動的繩索滑輪牽引著。除非真是跳樓，否則無重墜落或英文所說的「free fall」是無從知曉的。

NANA，當你在不知名地方遊走時，我在密室空間中下墮；或者整個城市也只是一個密室，身在其中，沒有橫向的遊走，只有垂直的升降。

步出電梯，大堂玄關有幾個身穿黑禮服黑禮帽結著紅啾啾領帶的人向我請安，彼此交換了一個像是儀式的點頭動作。如果將他們頭上那頂元寶狀禮帽換成高筒禮帽，他們會更像從馬格列特畫作中走出來的神祕紳士們。其中一個微微躬身把手曲放在腰背，另一隻手給我拉開大門，我注意到他手上戴了一對白手套。這些畫面你也曾見過，就在你發現生活荒誕得那麼近乎超現實畫作時，你皺了皺眉，看出了其中的破綻。

2・平台花園

我步出了大堂。外面陽光充沛，一個巴洛克風格的法式庭園。庭院中央有一個噴水池，噴水池一邊放著一個大衛像，另一邊放著一個由貝殼爆出來的維納斯女神，經這庭院不知名的建築師發揮天馬行空的拼湊創意，聖經的大衛與羅馬神話的維納斯，成了「天空之城」的一對「金童玉女」。這噴水池是庭院中央這海峽花園的一個標誌，兩邊有長長的散步徑，左邊叫法國長廊（French Promenade），右邊叫英國長廊（English Promenade），海峽花園就夾在其中，要穿越英倫海峽，一點也不費勁。那噴水池可以隨電腦系統調節發出不同形狀高低的水柱，一首首古典樂曲隨著水柱的噴灑起伏而演奏播放，巴哈的奏鳴曲、莫札特的歌劇、蕭邦的夜曲，自然都是少不了的。你曾經就站在這光潔明亮的法式庭園，聽到音樂噴泉不分四季地奏出韋瓦第的〈四季〉時，你停下腳步，幽幽跟我耳語又像喃喃自語：「從沒見過這麼光亮的黑暗世紀。乍看還以為自己處身天堂。」我記得當時我是有點氣你的。NANA，你在埋怨我嗎？在埋怨我把你推入這個一塵不染的世界，錯把它當為幸福的天地嗎？這刻陽光大剌剌近乎狠毒地灑落頭上，你這句話卻像暗影突然襲來。那麼「光明的黑暗世紀」，Bright Dark Age，Evil Paradise。就在你發現生活精緻得那麼近乎模型時，你看出了其中的破綻，撕出了一個缺口——包括在你與我之間。

3．「蛋糕」商場

你離開後，我一個人在這屋苑中如遊魂野鬼般閒蕩（也許以往的你正是如是），有時聽到自己的心音有時踩著自己寂寞的影子（還是你的影子呢？），你話語的碎片隱形地在空中翻轉，我又逐漸領會你所說的話，或者話中的控訴，以及其中對這光亮世界的疑懼。

穿過平台花園，再乘另一部升降機沉降，到來一個蛋糕型狀的商場。由於是環迴立體的，因此並無邊角。「蛋糕」商場一端設有放狗場（它們叫「狗狗公園」）、一端設有兒童遊樂場（它們叫「寶寶樂園」），兩邊都是充滿繽紛歡樂的，一邊小狗大狗在追逐玩具骨頭，吠叫聲此起彼落；一邊小孩在騎著顏色鮮豔的坐騎玩具，鹿兒或馬匹給彈弓鎖死地上但身軀可以上下擺動，給騎在其上的孩童煉製快樂，天真爛漫地發出卡卡卡卡的笑聲。寶寶樂園的書包由祖父母挽著或背著，有父母教牙牙學語的嬰孩說話，把手放在他手心上時說「Hand」，把手放在手臂上時說「Arm」，遙相呼應著另邊狗狗公園狗狗主人向寵物「仔仔女女」發出的號令：「Hand」、「Sit」，而寵物小狗的反應智商看來並不比社會未來主人翁的嬰孩低。看到如此情狀，恍若有催眠作用般，曾幾何時我失神地想：生一個這樣的小寶貝也不錯。你胃裡隨即湧起一股想嘔吐的感覺，虛脫得近乎強壯。就在你發現生活幸福得那麼近乎幻覺時，你轉臉對我說：「NADA，重要的是在這世界撕出一個缺口。」

4・生命迴圈

忘了什麼時候你告訴我，城堡不斷在進行著一個密封的工程，表面上架設橋梁、海岸、機場，但實則所有曾經可以讓人逃竄的邊界、縫隙都在慢慢消融，所有的開鑿、鑽挖與爆破，最後其實都是縫接、融合的工程，將原來分離的陸地如破布般接連，將原本穿了一個窟窿的天空以一個亭亭的華蓋遮補，將原本個體的人偶包裹成一個集體眾數。把世上所有被遺忘閒置的地帶圈出，以消除偏離分子在其中製造任何「異托邦」的可能。

你試過很多趟了，從懸浮半空的斗室進入升降機中，隨升降機下墮抵達大廈大堂，從大廈大堂中步出平台花園，穿過平台花園再乘電梯進入蛋糕型商場，在商場中隨意蹓躂，奇怪地所有的蹓躂都自動變成繞圈，它最終會以倒帶式的次序把你帶回平台花園、大廈大堂，至大廈升降機中，再至升降機持反方向上升，把你帶回你以一罏青春汗水淚水置換回來的安樂窩中。

你也試過走進地下世界。你發覺地下世界異常光亮，不再是無產階級暗無天日的勞役場，也不再是繚繞著大麻、揮發著酒精、燃燒著青春的樂與怒場。地下世界變得井然有序，除了地下商場外就是不斷行駛的地下管道列車。你在地下管道列車中穿梭接駁，發覺它循環不息堪可媲美人體複雜的血液循環系統，無論你從哪裡上車，它都會把你這顆小血滴安全送返原來的起點。列車幕門很多，沒有一道改變命運把你帶到意料之外的滑動門。

將橫向行走的管道列車垂直反轉，它就成了一道道上下川流不息的升降機。遊行隊伍中途離場馬上加入購物隊伍，無縫交接得不留痕跡。許多的punk頭變回端莊的秀髮，布爾喬亞易裝成波希米亞。生命迴圈如旋轉木馬、迴轉壽司、老鼠滑輪，或者薛西弗斯，都很相似。抽刀斷水水更流，你無法在所有裂口自動癒合的液態乳膠世界上劈出一道缺口如上帝為摩西分隔紅海，奇蹟在這世界上已經沒有了。

我追尋著你的腳跡，以上一一我都走過了。我走出了「天空之城」，也走進了地下世界，地下管道列車把我帶到「羅浮宮」、「比佛利山」、「曼克頓山」、「奧林匹斯山」、「西奈山」，最後我連「伊甸園」也到過了。我企圖在沿站路軌漆黑處找出一道裂縫或者缺口，把我從「一九八四」帶到另一個「1Q84」的世界，但月亮終歸只有一個。模型之外仍是模型，結構之外仍是結構。歷史被送到資源回收站。蛋糕增生如細胞分裂般。街景移形換影成反光的櫥窗世界。蛇頭追咬著自己的蛇尾打轉。所有Exit都是No-Exit。一如你所料也曾所經歷的，循環管道把我這顆小血滴，帶回到原先登上列車的起點。

3・商場蛋糕

那些小寶貝和小狗們仍樂此不疲地玩耍著。小寶貝們被一群跟他們不同膚色的傭工照料著，有的在盪鞦韆，有的在溜滑梯，曾經在室外的東西，都走進室內了。鞦韆也不再是我小時候那些由兩條長長鐵索吊著一塊簡陋木板、可以把人盪到半空中拋弧線的那種鞦韆，而是整個座墊如一個車輪護套般牢牢把屁股包著，鐵索的長度大大縮短了，小孩幾乎不太可能跌在地上，即使不慎跌下來也有厚厚的安全地墊托著，再不是一個只由細沙築成的簡陋沙地，而其實，小孩子看來也失去了靠著自己擺動腰肢臀部用腳抵著木板用手臂撐著鐵索來使勁地把鞦韆搖動飄飛的本事，而是靠著祖父母們在鞦韆後面有節奏地輕力推搡晃搖，套在車輪中的孩子或者會感到如置身搖籃中說不定還會打起瞌睡來。滑梯的高度也通通縮短了，再沒有旋轉彎曲或高聳筆直給太陽灼得火熱的鐵板滑梯，短小而寬直的滑梯全變成塑膠物料，滑梯底部不用說也是鋪著厚厚的安全地墊。狗狗樂園中有寵物主人給他們心愛的「仔仔女女」在餵蛋糕，在「蛋糕」商場內一間連鎖蛋糕店買的一款，狗兒狠狠地在蛋糕上咬了一口，在地上跌落許多碎屑。

2・花園平台

然後我又回到巴洛克的法式庭園中央。「英倫海峽」兩旁長廊上依四季轉換種植著不同的花卉，有專業花王悉心料理；這裡，每年夏季「天空之城」委員會更會為居民舉辦「城市綠州賞花節」，我記得某一年，我在這裡看見一生人見過的最大最紅的杜鵑花，一時心花怒放，你低頭在我身旁低吟：「杜鵑夜半猶啼血。」一朵鮮花，盛放時盡情向外綻開，過了盛放期，花瓣向內收縮、內摺，繼而把整個花蕊包裹，如人封閉自己的心。開到荼蘼，這也是物事必然的一種密封嗎？就在你發現生活精緻得那麼近乎模型時，你看出了其中的破綻，撕出了一個缺口。

1・大堂電梯

從平台花園走到大廈門前，一如既往，大堂大門不用我推，因為當我站近時，一個戴白手套穿黑禮服的男子已經有禮貌地為我拉開了。大堂地上鋪的是花崗岩地磚，服務櫃檯鋪的是雲石，牆身柱廊鋪的是大理石，全都光可鑑人可以把它們當成鏡面。天花板吊著一盞大型貝殼葉水晶吊燈，一刻我想像它跌下來震碎一地的畫面，然而這樣的場面並沒有發生。

唯獨走到電梯門前，才赫然發現了一點異樣。電梯的按鈕消失了。一時之間我束手無策，一個女子適時出現，她在電梯感應器上「拍卡」，「嘟」的一聲，電梯讀取了她的住戶資料，知道她所住的樓層，隨即在電梯液晶屏幕上顯示為她分配的電梯號碼。巧合地她所住樓層跟我一樣，我便尾隨她走進電梯了。電梯門內兩側按鈕排也沒有了。電梯關門，還差一道縫隙沒完全關閉前，我瞥見大堂玄關的黑禮服男子跟我點頭敬禮，真的換上了一頂高筒禮帽。

女子轉臉看看我。我轉臉看看女子。透過電梯內的玻璃鏡子，我跟你打了一個久違的照面。「我親密但猶如影子的NANA。」「我分離但無以割捨的NADA。」「你終於回來了。」「我一直沒有離開。」

* * *

0・文字城堡

回到家中，我逕自走進書房，把自己反鎖其中。我伏在書桌上，桌面留下你經年累月雕刻書頁的筆尖痕跡。我也拿起了筆，試行以筆尖雕刻生命，忘了外邊世界的日換星移。我一直感覺到你的存在，隱伏在我的上、下、裡、外，但沉默不語。寫滿了字的書頁吐落地上，最後如牆紙般貼在給我回響的牆壁之上。我甚至把書頁當成百葉窗，把房中的門窗以書頁嚴密覆蓋。書房變成了寫作的洞穴，我潛進了洞穴之底，如你所曾做過的。我住進了自己一手築起的文字城堡。我不知道這文字城堡是否比那個叫「家」的地方更廣大、更堅實，還是更虛幻、更似泡沫般一觸即破。直至摞摞的書頁把整個房間鋪滿，只剩下一扇僅可溜進微弱陽光的窗櫺，你在我身旁喊停。你開始把書頁從牆壁上剝落，又撿拾起地上的一些，把它們一一撕成碎片。每一片書頁被撕成兩半時，都發出猶如秋天黃葉被踏碎時那鏗鏘脆裂的響聲。黃葉片片落下，漫天飛舞，文字城堡逐漸變成文字廢墟。月亮寒光透過窗櫺的縫隙照進來。你總是先我而行，一步之隔，或者兩步之遙。當我在陣痛時你在狂嘯，轉臉對我說：「是的，對於一個作家來說，唯一的缺口在書頁上。」

「死魂靈」出版社

1

回到辦公室，娜達要收起自己的小說了。辦公室不是她創作的地方。她雖然是這家出版社的副總編輯，但出版社只屬小型，合共六人，在她之上有一名總編輯，在她之下有四名員工：一個編輯，一個副編輯，一個負責市場推廣的，一個負責帳務會計的；事事都要親力親為、「一腳踢」。別說她，就連總編輯有時也要落手落腳校對。好在她這家出版社與別不同，不用跟一般作家打交道。

她的出版社名字來自俄國作家果戈里一個作品，叫「死魂靈」。這麼陰森的名字，不是人人受得起，但娜達一向不管這些，又或者說，她本身對邪氣的東西就有幾分親緣。「死魂靈」做為出版社的名字，其實很能說明她這家出版社的方針，就是這家出版社只出版死去作家的作品，又由於死去的作家太多，它只出版外國辭世作家的作品，所以，它同時又是一家翻譯文學出版社。死去作家的作品不少過了一定期限，一般是作家逝世後五十年，就成為「大眾文化遺產」，向全人類開放；但遇著一些名家死後把作品委託給遺產執行人的，如出版社有意出版，多半就會由總編輯或娜達隔洋洽談合約。不過，既貴乎名家，其作品多數早已有不同版本的翻譯，又或者叫價甚高，因此「死魂靈」更著意發掘一些名氣沒那麼大、甚至沒沒無聞的作家，所寫下的一些遺作、為人所忽略的滄海遺珠。這些作品的翻譯版權一般不會太高，而且，只要肯發掘，經常都有意外的發現。

過去幾年，經「死魂靈」出版社翻譯引介而重新被人認識的辭世作家，也累積了一個名單。由於作品從字紙簍或墳場裡被拯救出來，撇除商業利益怎說都有著一份「知遇之恩」，這些作家的遺屬或遺產執行人，一般都十分願意跟「死魂靈」建立長期的合作關係。其中極少數，要是因「辭世作家」意外成名了而轉投更有名望的出版合作者，「死魂靈」也是不愁沒作品來源的——這個世界，理應存在卻近乎銷聲匿跡的美好東西是何其的多。

娜達很高興不用跟太多本地的作家交往。在轉投「死魂靈」前，娜達在另一間大型「城市之光」出版社擔任資深編輯，與作家打交道是她日常工作。她入行之初，她的工作狂上司曾非常坦誠並身體力行地教誨她：「你要懂得分辨，作家是不同的族群，對待同事編輯，對待書籍設計師，以至對待校對，你都要用不同的方法。」這工作狂上司所說的不同方法，大概就是掛著不同的面孔——對作家要尊重、建立友好關係、盡量遷就又要懂得以軟功催迫；編輯之間就是同事、上司和下屬或各不隸屬各自為界的關係；對設計師，如果不是著名的那種，就要懂得駕馭，切忌讓設計師反客為主牽著鼻子走。

其中，對於「作家」這一特殊族群，幾年下來，娜達也有一番體會。有的作家十分偏執，你動他／她一個字以至標點符號，都會牽動他／她的敏感神經，有的卻恰恰相反，交了文稿就拋下一句：「你喜歡怎改就怎改吧，我的責任到此為止。我完全信任你。」在「偏執不改型」與「撒手不管型」兩極之間，更多屬於中間的灰色地帶，但整的來說，作家都是特殊情緒「生物」，不是過於自負就是過於自卑，以至於自棄，而幾者又常常是混同的。有的作家聞名不如見面，有的作家見了幾生幻滅，有的作家錯字連篇，有的作家甚至交來的是一堆鬆鬆散散的文字碎片，連「初稿」也稱不上來，後來得以成為文稿，還多得像娜達這些將文字斷塊接駁、重組、增刪、筆錄、潤色的「幕後功臣」——作品出來，這名「幕後功臣」當然是無名字的。在這個混水摸魚的年代，「作家」之名大大氾濫而貶值，幸好「鬼子寫手」、「槍手」這些角色，在她那間還算有名望的出版社還未出現。

娜達在那間大型出版機構中主要負責人文類書籍，由於她熟悉文學，其中又要兼責一條「本地文學」出版線，文學類作品銷路雖遠遠不及財經類、漫畫類、流行作品類等，但它可為出版社樹立一定的人文形象、品位格調，在商業營利的大旗下，由於文學悠久累積的「文化資本」，出版社才不致把傳統的文化使命全然棄掉。因此，在那幾年間，娜達也接觸過一些本地作家，老、中、青不同世代也有。有的作家孤僻如一個「自閉者」或「隱修士」，有的作家互相連氣如一個「作家會所」或「私人派對」。有的作家明顯患上「社交障礙症」，有的作家卻長袖善舞面面俱圓如一朵「交際花」。有的作家說「只為自己而寫」，有的作家說「因為朋友慫恿才動筆」，有的作家還相信「為人民服務」，無論寫作動機如何，娜達明白，作家口頭的表白都不宜盡信。她寧願回歸文字裡頭，以作品論作品。她心裡有數，有的作家的作品仍遠遠被忽視或低估，有的作家的名聲遠遠大於其作品質量，無論前者或後者，皆屬「衣不稱身」。對於這些，娜達也曾是上心的，後來卻逐漸疏離了、不想理會了。流水作業，真正教人心悅誠服的「文學家」到底稀缺。

另一可能潛在的矛盾是，娜達本人其實也是一名文字創作者。最初工作狂上司羅致她，看中她的就是這點：一般編輯的執行能力很高，但創意欠奉，如能招攬一個能寫能編兼且能說的人加入編輯團隊，必可補足現有團隊的不足，為出版社帶來額外的好處。「能者多勞」，於是，娜達進入前出版社後，除了編輯工作，她有時還要替推廣部同事撰寫「新書發布稿」，有時還要擔任新書發布會的主持；不僅如此，她工作狂上司有時還希望她以另一「評論者」身分，在報刊尚餘不多的讀書版面上，寫寫評介自己出版物的文章。寫文章或創作的時候，娜達會用一個NADA的筆名，同事不大知道NADA的存在（他們也少看書評），更不知NADA其實就是她。在做為編輯（別人文字的代孕母）與做為作者（自己文字的分娩者）之間，娜達基本上尚能守著互不干擾各自獨立的界線。她只推介自己真心覺得好的作品，對於一些由她編製出來、但骨子裡並不欣賞也談不上感情的書籍，她一貫採取「迴避」策略——即便工作狂上司施加壓力要她多寫多推介，由於這些本屬工作以外的要求，她要是婉拒或避開，也不是太難的事。一個人同時是編輯又是作者，偶爾她做為「作者」的另一面會冒現出來，希望編著的書就是她自己寫的。而她的工作狂上司，在娜達加盟出版社不久之後，就自動忘記了最初認識娜達時其作者身分，以致完全把它當作一名編輯、一名同事，而更確實是，一名下屬。

在上述背景下，當娜達從朋友知悉，有一家出版社只出版已不在人世的作家作品，而這出版社正在招聘一名副總編輯的職位的時候，她便即時動心了。「死魂靈」這名字尤其攫住了她。

娜達從事編輯行業已超過十年，行內也有一定的名聲，尤其她在大型出版機構工作過，好些有名作家甚至說過他們的書若非由「娜達」來編他們寧願不出（說的時候也許真誠，但往後事實證明，這不是真的），事實上，在出版業界，她甚至已接近「明星編輯」的地位，是故，當她毅然辭職，而結果竟是投向一間不再跟現存、本地作家來往的獨立出版社，業內人士也不無錯愕的。不過，若說這世上沒有人是不可被取代的，在她生活的城市，「編輯」之職尤其如是，到底是為他人作嫁衣裳。曾經覺得錯愕的同行，很快就對她的轉職找到一個自圓其說的理由：新出版社雖然規模較小，但由資深編輯擢升至副總編輯，到底是「幾級跳」，寧為雞口，不做牛後，到底是有道理的。不太多人明白，她這個決定，實則包含了一點背棄。她需要與現實建立距離，她需要這段距離以恢復元氣。事實上，轉了職後，不僅跟文壇少了往來，她私下讀的書也改變了——她幾乎只讀一些離世作家的作品，本地作家的新書盡量不碰，某程度上可說是讓自己陷身於「故紙堆」中。當讀著一個個不在人世但仍能深深觸動她靈魂深處的世界作家時（不再囿於本土），她一下子卸下了「文字編輯的疲勞症」，重新在逝去的韶光中找到莫大的心之安慰。

2

最近娜達在死魂靈出版社正在編輯一本書，叫《一個作家消失了》。《一個作家消失了》是一本長篇小說，嚴格來說，一本有了輪廓、基本架構、主題思想，但枝蔓叢生、還未完成也可能永無完成之日的一部長篇小說。這小說說來也有點詭異的，它是以「幽靈者」之名投到死魂靈出版社來的，隨小說手稿，還附了一封短函：「死魂靈出版社的書，尤其是出自編輯娜達之手的，我一本也沒錯過。不用說它們曾給我多大的心靈震撼和撫慰。我希望把我這本事先張揚不能完成的長篇小說交託給您們，加入死魂靈出版的目錄——如您們認為它尚有出版成書的文學價值。我自然明白死魂靈出版社只出版辭世作家的作品，請放心，在我寫這段文字時我尚在呼吸，但當這小說有幸得以出版時，我將斷然恰如此書作者的名字，成為一個不存在於世的幽靈。」

這個月來，娜達就日日夜夜跟這本《一個作家消失了》的文稿磨蹭著。小說說的是一對同居女子，一同住在一座「天空之城」（City of Sky）——一幢隔窗可長期看到煙霞或者雲霧的偽歐陸風情豪宅，女子們有一個相近的名字，一個叫NADA，一個叫NANA；NADA是一個出版社編輯，NANA是一個寫小說的作家。NANA最近靈感有點枯竭，事實是她愈來愈受不了她所生活其中的那個「光亮的黑暗世紀」（原文是「Bright Dark Age」，出自NANA經過「天空之城」地下平台花園「城市綠州」中央那座不分季節播放韋瓦第〈四季〉的音樂噴泉時給NADA投擲的話：「從沒見過這麼光亮的黑暗世紀。乍看還以為自己處身天堂。」）NADA聽到，她知道NANA在抱怨了，她知道NANA想離開了，她知道NANA如果再繼續在這城市，或這座「天空之城」中逗留，她將以身軀的石化和靈魂的枯乾為結局，而文字告吹。站在音樂噴泉前，NADA向NANA說：「NANA，你聽著，如果有天你要離開這裡，也包括離開我方能重拾書寫，我成全你。」事實上，這不純是氣言，做為文學編輯NADA非常了解作家的寫作狀態，起碼對於某些有著深深「洞穴癖」的作家來說，他們需要鑽進洞穴之底方能寫作，這裡說的「洞穴」當然是隱喻性的，但它肯定是背靠人造光明、喧譁聒噪、口頭的美好、廣告式的快樂，也因此更根本地背離了那座「天空之城」所象徵著的一切。由於NADA愛著的是一個作家，而作家之為「作家」是把文字置於首位，甚於其他，NADA甚至給NANA寫了一則慫恿她離開的詩：

是時候躲起來了，NANA。
你骨頭都脆了，腰骨都歪斜了，
是時候躲起來了呀，NANA。
找一個無人可找到你的地方（這地方存在嗎？）
找一個可以自絕的天地
是時候躲起來了，NANA。

關閉你的蜂巢電話
關閉你的微不博

關閉你的無面書
這些都太無聊了
雖然我明白
最初你開啟它們
不過想親身經驗
這個時代中，所謂
高尖科技的無聊
（這樣說來，這又不是無聊了）

關閉你的微不博
關閉你的無面書
它們連魔鬼都稱不上
魔鬼是偉大的，而它們盡地只有碎屑

來一次高傲吧
封上你的門

跟無親的人本來就無需聯絡
至於親的人，如我
寧願你離開
放逐吧，NANA
我不願你被囚禁於世俗的枷鎖
放逐吧，NANA
我不願你變成千百萬人海中的一個
離開吧，NANA

忽然有非常微弱的希望
非常微弱

就這樣，NANA離開了。NADA繼續在這城市生活，如常地上班、下班，週末則幾乎足不出戶，披頭散髮衣衫不整形同瘋婦又異常清醒地穿梭於幾百呎壁屋的睡房、書房、客廳之間，撫惜著NANA在這房子留下的痕跡氣味，包括床單上已無餘溫卻仍殘留纏綿的褶痕、書架上一本本仍堅挺如昔或歪側如老人腰骨的書脊、客廳粉白牆壁上

NANA留下的文字塗鴉等等，弔詭的是，也正是在NANA完全已離開這間房子的時候，NADA才發現這所她一直以為熟悉不過的房子，有她一直沒有認辨的物質和精神內蘊——一如人的過去，以為已經歷過了，其實「過去」原封不動像一個個密封的箱子從沒被當事人真正地閱讀和打開。

在NANA消失的一千零一夜期間，她偶爾也給NADA寄來書信，說說她放逐途中經過的無人圖書館、無人帶傘因為在那地方根本無「傘子」這觀念的「雨城」、「作家隱修群體」各自在迴廊上不住沉思繞圈打轉的作家修道院（Writers' Cloister），一個可以讓她暫時跟人交換名字、性別、身分的「替代之城」，一個奏著輕脆樂音繞圈旋轉但空無一人的旋轉木馬遊樂場，一個曾經發生過「翅膀集體融化」大災難如今只剩下一堆堆怪石頭的廢墟異域，一個理想專門店與妄想櫥窗街只有一塊玻璃之隔的邊緣地帶，等等等等。NADA收到NANA從不知名地方寄來的一篇篇遊跡筆記，她做為編輯的慣性此時又出現了，她動手整理起這輯集幻想與實地考察的文章來，並將之命名為〈從那邊遙寄的放逐者遊記〉（Travelogue from a Nomad *Thither*）。但在這段一個人守著終將回歸或永恆失落的情人的時候，NADA暗暗也發生變化，她也動筆寫起NANA來，最初是出於惦記，憑字寄意，慢慢卻出現逆轉——NANA由被憑弔的失物，變成令NADA可以提筆創作的恩物，以致原來情人的消失，在書寫的狀態中變得可以承受、甚而暗生不斷延擱以至復仇的欲望——在寫的過程中重新將被書寫的對象擁有，同時也將之「謀殺」。那個只剩下她一個人叫做「家」的地方——「天空之城」六十八樓中一個懸浮半空的四百呎單位，變成她背棄世界埋首寫作的另一片洞穴之底。

NANA離開了，NADA卻感到她們之間繫著一條風箏之線，其中的牽絆甚至比她們身體同在的時候更柔韌，她漸漸感覺到與NANA進行著一場合寫——這甚至可能一早就在NANA離開時的設想之中。但慢慢地，NANA真的消失了，徹底的消失不見了，她不再寄來音信，她最後寄來的遊記，踐行的地方在一個叫做「幽靈者國度」的放逐者終極之地。NADA不知道發生什麼事，她等呀等，她曾猜想NANA消失的不同理由——NANA在跟她玩一場永無終結的兩人捉迷藏遊戲、NANA終究變成了完全與自我意識脫離的瘋子作者，被禁錮或自我禁錮於與世隔絕的寫作療養院，如最後日子的梵谷、二十九歲過後的芭蕾舞者尼金斯基。她也想過，NANA可能消失在閱讀之中，如《永無終結的故事》中躲藏在學校閣樓陷身於閱讀中遺忘了外邊世界的男孩培斯提安，依NADA對NANA的一貫認識，她是有這種沉溺潛質的。又或者NANA隨意識走呀走走到了一片忘川喝下了一口Lethe's water（中譯把它譯成「孟婆湯」可能太中國化了，娜達想），又或者那不是忘川那是一片湖泊，一個納瑟西斯（Narcissus）對湖自照的湖泊——她聽到不遠處有回聲當她第一次從湖泊中照見出自己的面相時就是她沉湖溺斃之時，而死後湖泊並無長出傳說中的水仙花。

NADA也想像NANA可能暗暗中與她進行著寫作的「對位法」（Counterpoint）。當她一人在半空家中的書房拂拭著塵埃時，NANA正走進如天堂模樣般的通天塔圖書館；當她在書房中讀著一首留有NANA筆跡的〈關於天賜的詩〉時，NANA在通天塔圖書館遇見此詩作者博赫斯，此時博赫斯已全然瞎掉NANA翻開他的書本在給他讀詩。當失眠的苦杯也向NADA遞來她把睡房中的梳妝檯當作書檯滴滴答答在敲打鍵盤時，NANA也鑽進了一個理性世界中的柏拉圖洞穴睜著她一對貓頭鷹不睡之眼就地拾起地上的枯葉草書。當NANA洞悉映照在洞穴岩壁的現世圖景原來盡皆幻象，失去了NANA太久也因此對她愈來愈沒把握的NADA，一時間也懷疑NANA的真實存在，還是對方只是自己的一人分身虛構出來投映在自己的心牆上好成全她不為人知的隱密創作？不可能的不可能的NADA與NANA認識太久了她們同步呼吸她們同床而睡有時連夢境也一樣，她們於對方而言怎可能只是一個互為存在的分裂幻覺？NADA將視線移離屏幕，抬頭瞥見梳妝檯鏡子中的自己，NANA的影子疊在她的臉孔上，她猛然一驚，再看，不見了，只有一個女子披頭散髮、竊竊私語。當NANA終於去到幽靈國度NADA終於也瞥見了一片深邃廣袤的虛無湖鏡，鏡面泛起了一條條波紋又像是她面上的皺紋；在這剎那，她知道面前等著她的除了是奧菲莉亞或吳爾芙的結局，沒有其他。當NANA終極地消失於一片無人之境「沉溺之湖」時NADA將躺臥在載浮載沉的厚墊床褥上熟睡猶如一個死嬰。NADA與NANA終於兩人合體，自編自寫，此岸的書房、睡房、客廳與彼岸的圖書館、失落園、遊樂場壓縮在同一維度的文字城堡，重疊在《一個作家消失了》的最後一個句號之上，是為兩人合奏最可能接近完美的一個休止符。

＊＊＊

一天下來，娜達終於把《一個作家消失了》的手稿續完。她要為這書寫一個簡介，放在書封底之上。這常常是她最感頭疼之事。如果一個小說能以幾十或數百字概括，那作者就不用寫一個長篇作品了。但她做為編輯又明白，書本放在芸芸書海中，一則妙筆簡介往往成為誘惑讀者走進書裡的邀請函。她磨蹭了許久，發覺無以簡化，終究寫不出來，她感到時間無多了，喪鐘在不遠處已經敲響。

《一個作家消失了》第一個字落筆，她聽到不遠處的工作狂上司在咆哮催促著開會，會議室來了一個少年偶像作家，出版社準備給他出版一系列薄裝小說，叫「一個明星誕生了」。《一個作家消失了》繼續寫著，寫作經年。場景置換到「死魂靈」出版社，這個世界，原來幽靈行列並不比活人隊伍短，一如你無法算清，被埋沒葬送的瑟縮暗影，與被過度光照的熠熠星光，何者為多。

凡事皆有盡期，娜達沒有時間了。她匆匆草了一封短函：「死魂靈出版社的書，尤其是出自編輯娜達之手的，我一本也沒錯過。不用說它們曾給我多大的心靈震撼和撫慰。我希望把我這本事先張揚不能完成的長篇小說交託給您們，加入死魂靈出版的目錄——如您們認為它尚有出版成書的文學價值。我自然明白死魂靈出版社只出版辭世作家的作品，請放心，在我寫這段文字時我尚在呼吸，但當這小說有幸得以出版時，我將斷然恰如此書作者的名字，成為一個不存在於世的幽靈。」她把這封短函附在手稿之上，署名：幽靈者。她把書稿連短函投到自己的出版社地址，沒料到書本面世之日，這則短函被放在書封底，成為這小說的一則簡介，而作者名字，則恰如其分、自我實現、無可再好地寫上：幽靈者。

盡皆草書（scribbling），是為一個作家的終極陷落，或自我完成。

文具自語

——塗抹的消失與進化

一

「老闆，這裡有沙膠嗎？」

「沙膠？有沙的嗎？有膠的嗎？」

「不，它是一塊擦紙膠。」

「擦紙膠，這邊有很多，Pilot的，Radar的，連『無印』都有，你自己挑吧！」

「但這些都是用來擦鉛筆的，我找的沙膠是用來擦原子筆的。」

「噢，這個東西，好久沒有人問起了。這是什麼年頭？」

二

離開文具店，漫無目的地，隨腳步指揮，竟無意識地來到小學母校門前。有一把聲音跟我搭話，應該是舊時相識。

●：曾幾何時，我也是特愛用鉛筆寫字的。中華牌，一盒十二枝，最便宜。這種鉛筆，頭頂就有一粒擦紙膠，頂著恍若它特有的禮帽，筆尖用來寫，筆頭用來擦，寫錯了字，把筆倒過來便可以了。

○：但總是會擦得污糟的，筆跡是擦去了，周圍卻糊出一片灰黑來，所以，有了中華牌鉛筆，擦紙膠仍是要買的。

●：是的，但那擦紙膠頭仍是有同學用的，有時不堪擦損，頭顱就被劈斷了。

○：也可以用牙齒咬的，小時候，我也曾咬斷過幾粒。

●：後來就換了鉛芯筆。鉛芯筆依樣畫葫蘆，筆頭也有一粒擦紙膠。

○：但通常套著一個保護罩，如頭盔。

●：有了鉛芯筆，鉛筆就乏人問津了。

○：也曾有它的光輝歲月的。你記得嗎，小學學能測驗做選擇題，用機器計分，老師還是指定要用鉛筆的：請各考生帶備ＨＢ鉛筆及擦膠。但在考場上，最好用「來佬貨」施德樓，中華牌不被信任呢。

●：現在就只有繪畫時才用到鉛筆了。不同粗幼不同質感，又不是〇．三，〇．五或〇．七鉛芯可以比擬的。

○：鉛筆被冷落，另一種瀕臨絕種的文具，自然輪到鉛筆刨了。

●：把鉛筆插在鉛筆刨內，扭動筆桿，剃刀邊會磨出薄薄的鉛筆片來。有時看著，也覺美若鮮花。好像削蘋果皮一樣，盡量不讓它斷開，你刨出最長的鉛筆皮有多長，你還記得嗎？

○：不要那麼感性啦。再長，都不過是碎屑。也有鉛筆刨是有蓋的，刨出來的東西盛在盒內，悶在肚中，不讓你看見。

●：也有鉛筆刨是一座的，外邊有一個轉動的手柄，刨鉛筆時就轉動它，比直接轉動筆桿省力，也更快捷。它肚子大，鉛筆碎盛在裡頭，隔一段時日才需清理。好像一個磨坊。

○：但磨坊磨出來的東西是有用的，譬如米，譬如麥，但鉛筆碎，則只有給倒進字紙簍了。

●：我一直喜歡用鉛筆寫字，寫錯了可以改，只要有一塊擦紙膠，就可以保證乾乾淨淨，很合我這個有潔癖的人。

○：也合我這個沒信心的人。據說用鉛筆寫字的人都是沒信心的。所以從來沒有人用鉛筆寫求職信，會被認為是沒誠意的。當然更沒有人用鉛筆簽合同。

●：但我卻曾經用鉛筆寫情信。也曾經用鉛筆寫日記。用鉛筆寫詩。這些，你都記得嗎？

○：記不起來了。

●：你這樣說，就好比一筆塗抹。

○：你忘記了我的名字嗎？我的名字，叫擦紙膠。

三

我的名字叫擦紙膠，你叫筆。我愈忘愈薄，你愈記愈厚，到頭來，都難免是過氣的東西。弔詭是我的生命，我一邊塗抹字跡、一邊卻留下碎屑，我以塗抹人家來給自己留下證物，以證自己有用。在這個過程中，我的身體一點一點的萎縮，由一塊退減成一小塊，由一小塊再分裂成幾子粒。沒所謂完全的耗盡，最後總是不翼而飛的。

後來我們長大了，一天，老師說，同學，今天作文，全都要用原子筆，藍色可以，黑色也可以，但紅色不行，紅色是老師專用的。

你開始要克服你的潔癖。那種藍色筆配個藍筆蓋、黑色筆配個黑筆蓋的公務員原子筆，寫東西時常常會吐出「墨屎」來，明明字沒有寫錯，但你看著不舒服，即使是名廠原子筆，「墨屎」這東西仍是有的。

所以一段日子，你喜歡用墨水筆。是那種體內有一支墨水管，久不久就要從一樽墨水瓶中吸取營養的那種鋼身墨水筆，寫出來的字跡最清秀。

但無論是原子筆還是墨水筆，寫錯了字，那還是要光顧一種叫沙膠的東西。

沙膠不是沙，也不是膠，但它的確有著兩者的質感。表面粗糙如沙，因為它就是靠與紙張摩擦，而把原子筆跡擦掉的。所以，如果擦紙膠給人柔順的感覺，沙膠則始終是粗獷的。同樣都是擦掉筆跡，擦紙膠是善解人意的，而沙膠則好像與紙張勢不兩立，以致有時用力太甚，紙張會給擦破，裂出一個窟窿來，這樣，就有點兩敗俱傷的感覺了。

但我也常常想問你，你幹嘛要擦呢？其實，你可以在字上面畫兩行斜間，或者打個交叉，再在旁邊或上面謄寫修正的字，不就可以嗎？這樣，連你原先欲以擦掉的痕跡也會被保留下來。如果你知道你長大會成為一名作家，這樣的手稿，不是更可貴嗎？

但從小到大，你還是不慣這樣，哪怕只是草稿；看你這篇文章，寫在米黃色單行紙上，修改的地方上，都留著一個個白色的印記。

四

是的，白色的印記。到後來出現了一種東西叫塗改液。沙膠就注定被淘汰了。沙膠將紙張擦薄，塗改液卻給紙張添厚了。

我記得，第一代的塗改液有兩瓶，一瓶裝「白油」，一瓶裝天那水。旋開瓶蓋，

「白油」那一瓶，頭蓋內掛著一枝小小的鬃頭，用它蘸點「白油」，塗在想擦掉的字上。用起來，好像一個油漆工人。令我想起小時候，體育課的「白飯魚」穿得髒了，就給它塗上白油漆。

「白油」用得久了，會變得過於凝結，膠做一團，這個時候，就要打開另一瓶，給它混入天那水。混完後，記得要搖一搖瓶子，令「白油」勻循。

第二代則變成了一支塗改筆，有扁扁闊闊的，有圓棒狀的，後者，就更加似一支傳統的筆了。有了塗改筆，「白油」這俗名，就漸漸少人說了。

一手原子筆，一手塗改筆，這樣，寫與塗，竟然又變得有點形神俱似了。我後來就更加明白，兩者，本來就是唇齒相依、難分難解的。

五

●：如果我想塗抹的，不僅是一行，一句，一段，而是整篇文章呢？

○：很簡單，你拿起字紙，把它揑作一團，掉進字紙簍。

●：如果我想連它的痕跡也消滅呢？

○：那可以找一部碎紙機。

●：碎紙機？這東西，比沙膠還要暴戾。

○：碎紙機又不是碎肉機，不要那麼誇張吧！

●：如果字紙有情，碎紙跟碎肉，真有幾分相似的。

○：現在的碎紙機已經沒有亮晃晃的刀，不用怕。

●：沒刀怎能碎紙？

○：來，在你的桌面上，打開資源回收桶，確定清除，它會給你一把碎紙機仿真度極高的聲音，「嚓」的一聲，所有東西都給棄掉。很清脆的聲音，幾乎令人有快感。

●：那麼利落？

○：這是神奇的東西。回收的東西仍給你儲著。容量大過任何堆填區。你後悔的話，可以回頭撿拾，直至你確認真的丟棄。

●：那麼，讓我們試試看。

○：嗱，拿你這篇〈文具自語〉來。是，在檔案名字上，Click，Delete，打開Recycle Bin，按「清理資源回收桶」，Yes or No。Yes.

「嚓……」

●：去了哪裡？

○：去了黑洞。

●：怎麼可能？

○：這個世界，什麼是不可能的？

●：碎紙機碎紙也留下碎條，而這個鬼東西，化一切文字於無形，太像武俠小說裡的化骨液了。

○：也不完全是。你現在試試在Desktop大搜尋，它仍然在呀。

●：咦，果真仍在！那死去的復來，我們的桌面，又太像一個文字的幽靈空間了。

○：物極必反，塗抹演化到極端，就是塗抹的不可能。所有東西都留有痕跡，於是又無所謂記憶。我剛才說「不可能」，就是這個意思。好了，你也自言自語得太久了，又文具店，又小學母校，其實你一直對著電腦螢幕。寫這篇文章時，你敲了多少次「Delete」或「Backspace」？筆袋都不曾拿過出來，說什麼原子筆、沙膠、擦紙膠。文具店在這個城中，都快成文物店了。

●：不呀，我這篇文章真的是有手稿的。為了寫這篇文章，我剛才真的到過文具店買沙膠。文具店老闆真的跟我說過幾句話。至於「你」，我寫作的時候，總是會跑出另一個自己來的，一分為二。

○：不要說了，你快點決定吧。

●：決定什麼？

○：你看你，左手按在「資源回收桶」上，右手按在電郵的「傳遞」上，你到底想刪除還是發表？

六

結果，這篇文章，刊登在一本中學生文學雜誌的創刊號上。此時此刻，一些好奇的學生，剛好讀畢。

悲喜劇場

一、Amuse is Not a Muse

也許艾繆斯的父親希望女兒笑口常開、歡歡喜喜，也許笑聲有時是無需經過大腦的，在女兒出生一刻，艾繆斯父親艾力山，很快就為女兒起了一個名字，叫笑喜。小女孩逐漸長大，不大喜歡笑，並且開始知道自己的中文名字笑喜有點兒俗，於是就給自己起了一個英文名字，叫Muse。不用多說，會給自己起一個如此希臘式名字的她，是一個徹頭徹尾的文藝少女。我即將要說的，不是艾繆斯的全部故事（這是不可能的），而只是她少女時期的一段成長故事。太多的文學故事告訴我們，十七歲——在成人門檻之前只差一步之遙的距離，是一個充滿謎樣的年齡。我也不避俗地將聚光燈照射在這個帶有光暈的數字，這光暈可是已經泛黃了的，因為艾繆斯的十七歲，已經是二十年前的事。但如果不是已經過了二十年，我也許就不會有述說它的想望，對此，普魯斯特永遠是對的：只有失落了的樂園，才是真正的樂園。

二、一對眼睛

艾繆斯是一個美麗女子，她個子頗高、為人沉默，有一份文靜的書卷氣。艾繆斯喜歡看書，對她鍾情之事，有一種誓死追隨的決心。她心意堅定、比別人更埋頭苦幹地做她喜歡的事，有一則童年軼事可說明這點：小時候，在複印技術沒今天那麼厲害而金錢還是非常匱乏的年頭，為了擁有一本自己心愛的書，她試過從圖書館把書借來，一筆一筆逐字逐句把書抄在一本簿上。這於她所居住的城市中是罕見的。她父親以為她低頭默默做功課，搖了搖頭，心想：都那麼勤力了，何解成績還是不怎麼標青。

跟她同年齡的少女大多目光游移、渙散，艾繆斯的眼睛總是對焦的、堅實的——如果她的眼睛是一個發熱體，應該會把許多書頁燒焦。那時候，專心仍是被看作美德的，中學日子，如果成績表曾有任何對她讚賞的話，就是「專心一致」。可她自己，覺得自己的唯一優點是有自知之明。她想，如果別人的多心是無能力專一，她的專一則是無能力多心。她曾說：「我的天賦不高，要做好一件事，我的意思是真的做到最好，一件事就夠耗盡我的心力了。」這性格或能力特質，在學習以外，後來也表現在情感之上——儘管她生得清秀，她並不特別吸引狂風浪蝶的目光，因為男與女的目光勾搭常常是以不明文的誘惑挑逗暗碼進行的，對此她不感興趣，她沒興趣誘惑人，也沒興趣被人凝望。如果她偶爾喜歡修飾，這只是為了自己。如果她需要別人的注視，一對，一對出於愛的眼睛便足夠了。

艾繆斯不是男子，但她有一個愛把她打扮成男孩子的父親。小時候，父親把她帶到上海老式髮店理髮，給她剪成一個童軍的平頭裝。他又給女兒買上男孩子的衣服，要她穿上。這種「裝扮行為」持續到她少女時候，後來可能他父親接受了自己確確鑿鑿沒有男孩這事實（在第二個孩子——的確是男的，也就是艾繆斯從沒見過的弟弟，沒出生前已在母親肚內小產致死之後），艾繆斯選擇衣服髮型的自由被剝奪十年之後，又重新被贖了回來。

這個時候，女孩子已經有一雙不太隆起的胸脯、一把頗為低沉的女子嗓音，如果加入合唱團，應該就是極佳的女中音。艾繆斯的父親放棄了把女兒裝扮成一個男孩，但她的學校並沒有放棄把她栽培成一個「男子」——不是身體上，而是頭腦上。如果以粗糙的左右腦思維二分，她生活的那個城市的教育制度，在腦袋上從來都是「左傾」的，也就是，特重邏輯、數理、分析、識字能力，而輕情感、藝術、直觀等能力，所以，艾繆斯在主流教育制度中並沒有得到特別的賞賜（也許就是從這時起，她必需調節自己不在乎別人的目光）。相對於一些標準優材生，在學業成績上，艾繆斯只是一個中規中矩的學生。

但她比絕大多數學生優秀的地方在於，她非常清楚自己的愛與不愛。在同學全被困於該與不該的競技場上——也就是力之可及或力有不逮地通過成人給他們預備好的權力預演測檢時，她非常堅定地棄場了。她不打算考入大學，卻投考了當時由某大電視台首辦的編劇訓練班。在她身上，自出生開始，名字、性別、學校，不少東西看似都有點錯位，唯獨這個決定，她認為是順心的，因為除了編故事，她想不到自己還有什麼東西勝任或喜歡。

是的，順心、依隨己願，因為艾繆斯的確喜歡閱讀、寫作。又一次，專心一致，除了因為喜愛，你也可以說，因為她選擇不多。在眾多科目中，她曾經被老師稱許的，也就只有中文作文了。同學按本子辦事，她卻是把作文當成自己的創作看待，有時從不知什麼課餘小說學來一些手法、構思，把它們化進作文中，雖然不一定得到分數的獎賞，卻必然得到中文老師的另眼相看。是的，整段中學生涯，唯一給她稱讚及鼓勵的，就只有那個中文老師了。又一次，如果需要注視，一對，一對出於愛的眼睛便足夠了。寫作，撐起了艾繆斯在其他方面不算太閃亮的生命。

三、角色扮演

在資訊渠道的有限接收下，電視台編劇班成了她唯一的希望，也就是，她在漆黑天空中定睛看著的唯一亮星。第一屆編劇班競爭相當激烈，激烈程度不下於投考大學，千人報名最後只取錄二十人。報名時除一般資料外，還需呈交一篇作品。艾繆斯從美國小說家歐亨利的一個短篇小說中取得靈感，把它改寫成一篇屬於自己的小說。她成功獲得面試機會。

專心一致，有時是一種天賦，有時也是形勢所迫：別無他選。艾繆斯非常清楚，如果她不能成功投考編劇班，以一個中學生資歷出來社會做事，等著她走的路，就只有當女售貨員、女侍應生、女祕書，日復一日她將成為千萬人海中模糊的一張臉，日出而作，日入而息，重複著影印機般的生活。她害怕極了。她知道，編劇班面試這一役，她是許勝不許敗了。

走入面試室，結果，望著她的眼睛不止一對，是八對，而且全部都是男性的。十六隻眼睛盯著一個還差幾個月才成年的少女。這些眼睛不是中文老師的愛的眼睛，每一隻望著她那副稚嫩面孔的，都是來測量她的、評估她的、質問她的、為難她的，其中，不排除一些也是色迷迷的。那八個男人的座椅排成一個半圓，包圍著坐在圓心點上的她。

她忽然定下神來，她吸了一口深深的氣。由於許勝不許敗，由於別無他選，她馬上跟自己訂了一個協約：這是一場角色扮演，這是一場角色扮演。不要做自己，要做一個令他們喜歡的人。

「妳有什麼好東西要我們錄取妳？」

「我有創意，我有編故事的才能，你看我交來的那篇小說便知道了。」

（這不是她，這不是她，她一向是自疑的，不可能如此自信。）

「妳喜歡看什麼書？數一些出來聽聽。」

「我喜歡看的書，品類很駁雜，我對什麼都有興趣。如果說小說的話，由岑凱倫、亦舒、依達到魯迅、沈從文、張愛玲我都愛看；另外，外國翻譯小說我也有看，不瞞你們，我那篇作品就是取材自歐亨利的一個短篇小說。」

（這不是她，這不是她，她一向是羞澀的，不可能如此多言。）

「這個我看得出，是歐亨利的〈最後一葉〉嘛。妳認為這樣抄襲別人也算創作嗎？」

「我認為抄襲跟取材是有分別的。太陽之下無新事，但很多不同的故事都來自太陽與月亮之下的變奏。再說，我看到很多貴台——我希望有天我有幸稱作敝台——的劇集，不時也取材自外國劇集、電影，由情節以至罐頭音樂不等。」

（這不是她，這不是她，她一向是平和的，不可能如此鋒利。）

「創作不是一個人閉門造車，編劇不是寫小說，你要跟很多人溝通、合作、度橋，你喜歡與人相處嗎？」

「我性格開朗，對很多事物都抱持開放態度，我喜歡跟人談話、相處；我年紀尚小，三人行必有我師。我不怕辛苦，我什麼東西都願意嘗試。」

好了，好了，我無需再說「這不是她」，「這不是她」。她從來不是一個虛偽的人，如果她這次面試那麼成功，關鍵在於她深深吸一口氣之後，她便立意在隨之而來的三十分鐘內，扮演一個不是自己的角色。是的，是扮演角色，把那八個男人跟一個女子的答問，當成一個即興劇本來創作。在面試房中進行的是一場戲中戲，只是碰巧她是一名角色，不，是一名主角。當她把所有東西，在深呼吸後來一個向舞台轉化的念頭，一切竟來得如此順利。這口氣剛好為她注入足可維持三十分鐘的氧氣度。十七年以來，她從來沒像那天如此笑意盈盈，她不知道擠出的笑容會否有點生硬，但她知道，笑容總是討好的，尤其出於一個少女的面龐。男人們很滿意這個女子的表現，有些也不在乎發問了，互相在談著與面試不相干的話，一些則離開那個座椅的半圓，自顧自地在房中踱步、喝咖啡。「好了，你可以走了，回家等我們的好消息吧。」直到踏出房門，踏出電視台的大門，艾繆斯才忽然整個人軟塌下來，像舞台劇演員在謝幕卸妝後忽然虛脫下來，卻又不是沒有虛脫下來的快感。

艾繆斯沒有作假，與作假無關，她其實只是非常著緊地去爭取自己要的東西，而在那場面試中，唯一腳踏實地的方法便是「入戲」。回想起來，這也許還要多得她父親在她小時候灌輸了幾年的「裝扮教育」。原來一個人要成為他人，不是她想像的那麼困難。只是她不知道，這個面試只是起跑線上的哨子聲，以後，在電視台儼如男人困獸鬥、肉搏場的日子，她每天要於自我與角色扮演中進進出出無限次。The show must go on，沒有謝幕的舞台。從八對眼睛看著她一個女子的時刻開始，連她自己還未知曉，她告別了只需一對眼睛關顧的年華。

她每度一個戲橋、每寫一場戲，首先得獲得編審的關顧，甚至監製的關顧，然後，又開始考慮到千千萬萬無形眼睛的反應，笑的位要令人笑，哭的位要令人哭。這是檢視她作品成功與否的壓倒性標準。無形的眼睛不僅躲在電視機之後，還在電視台的辦公室、化妝間、片廠之間，它們緊盯在一個乳臭未乾（與電視台簽合約時，由於未滿十八歲，她還得要請父親簽名）的女子背後，有些或許想幫她一把，有些只是等她不在意時，伸出腳來把她絆倒地上。當一些同學進入大學校園得以在溫室中延長幾年無憂生活之時，艾繆斯提早進入了成人的詭譎世界，一個召喚她把純真交出來以換取不知名目光的世界。還說不上什麼權力爭奪，不過是為了自保生存。從故事人生角度看，這未嘗不是可觀的。

四、笑的命令

編劇入門法則：故事要在情理之內、意料之外。真實人生可能比編劇更無章法。

不喜歡笑的艾繆斯被安排參寫一個長壽綜藝節目的笑話。每天編審給她的一個指定訓練是，回到公司給他講一則笑話。她一再記起面試時堆砌於臉上的笑容，因為自覺，她永遠都記得。她一再記起父親在她年幼時給她（打扮成「他」）拍照時的叮囑（有時近乎命令）：「笑！笑！笑！」「笑聲救地球」——電視台的劇集名稱。「笑一笑，世界更美妙！」——電視台的廣告歌。那個長壽綜藝節目的台柱，便是一位以笑聲響亮見稱的「肥姊」。她聽說人類身體有一個笑穴（在武俠小說中常常讀到），卻從沒聽過有「喊穴」的說法。她知道有一種新興劇場叫「棟篤笑」，但「棟篤喊」則肯定沒有市場。希臘悲劇在這個城市沒有市場，它們太沉重了，人們只想把笑話當作即沖的安慰劑、興奮劑，而不是可供反芻的思考食糧。她喜歡看喜劇泰斗查理卓別林的電影，但貧窮、異化、流浪漢、資本主義罪惡這些題材，對電視機前的觀眾是太深奧了。以她的編審的話說：「讓觀眾們笑爆肚、笑甩肺、笑到腦痴呆、笑到上天堂，那你便成功了。」

她每天與同事一起「度Gag」。編劇們很多都是口沫橫飛的人，「sell橋」時七情上面手舞足蹈可以爬在地上跳到桌上，把空洞的話毫無間斷地串成滾滾長江滔滔黃河。她沒有這個本領。那次面試只是三十分鐘的反常，一旦三十分鐘段落日復日地以倍數重複，本性生澀的「她」把角色扮演的「她」壓下來，她經常在眾人面前表現出一種無力感，那幾乎與沉默等同。一次編審在開會時便不留情面地斥喝她：「你是不是啞的？」這一次，她真的笑不出來。但也不能哭，哭是加倍軟弱的表現，要哭的話，只能關在廁格內哭。

同事之間的相處，常常也是綜藝笑聲劇場的延伸。沒有人會認真地跟你說話。過分認真被看作不合時宜。同事之間最常說的口頭禪是：「超低能，勁搞笑！」（「超高智，勁搞喊！」倒是沒有聽過。）同事之間總是嬉笑怒罵、說著「無厘頭」話，所有人都掛著一副笑臉上班，不用到化妝間這個「粉底」已自行地打上了。初出茅廬的她混在其中，分不清哪些笑臉是真笑是傻笑是苦笑是冷笑是竊笑是笑中有淚是笑裡藏刀。

「笑！笑！笑！笑！」艾繆斯沒有想到，即使在離開家庭的辦公室，父親的身影竟然在編審身上重疊了。

五、悲劇的不可能

「最大的悲劇是，悲劇在我們的世界已經成為不可能。」艾繆斯在自己的創作記事本中，有感而發地寫下了這段話。在艾繆斯每天出入的電視台裡，悲劇沒有位置，尤其在一個以製造歡樂的長壽綜藝節目中。這個綜藝節目的長壽，已經打入了世界紀錄大全；每晚節目完結時，一眾演員一字排開唱晚安歌：「歡樂今宵，再會，各位觀眾，晚安！」沒有人希望帶著苦痛入眠，一曲唱罷，夜幕已深，人們停止一切日間作息辛勞。繼之而來的是：「現在已經夜深，請將音量收細。」明天？明天張開眼睛，又是「新」的一天。

翌日，艾繆斯又拖著沉重的腳步回到辦公室，準備向編審交出一則笑話，某些笑話得以通過成為綜藝節目的部分，更多則是隨著編審冷冷一笑：「哼，真好笑，這也算是笑話嗎？」而石沉大海。每日例行的笑話訓練，何嘗不是每天等著她滾上山巔的一塊石頭？但艾繆斯並不氣餒，如果這是石頭，難道這不是她自己挑選的嗎？難道這不是她對主流大眾的輕蔑而甘願接受的懲罰嗎？

「你是不是啞的？」這句話艾繆斯一直記得。總會有一些人，在你一生中，有意或無意地說了一句難聽的話，這句話一旦吐出來就扎在你心坎中，成了一根永遠拔除不去的刺。艾繆斯並非一個記仇的人，這句話其實也不算得怎樣歹毒（更難聽的話這個編審已經向很多人說過，相對來說他已算是「愛護小花」了），如果記得，只是它準繩地，刺中了自尊的脆弱地帶。在眾目睽睽之下，自尊心的受創尤其容易達到效果。

被罵以這句話時，艾繆斯沒有馬上打破緘默，相反，她把下唇咬得更緊了，咬得那麼緊，你真的害怕再這樣下去嘴唇便會咬出血來。是的，如果每個人都有一副代表她的神情的話，屬於艾繆斯的，便是咬著下唇，一言不發，倔強得教人生敬又生畏。這個倔強的神情，常常表現於在她生氣、受苦，或專心一致做著眼前工作的時候。專心一致的時候，眼神定睛於一點，飽含力量，這是她最懾人又最美麗的時候。

小妮子在默默觀察不同的編劇。她暗自得出一個結論，基本上成功的編劇只有兩種，一種是反應極快（俗詞說：「轉數快」），度橋時一張嘴說得天花亂墜所向披靡欲罷不能；一種則是二話不說，你給他某個分場，他總有本事把它寫得出色叫你心服口服。憑著艾繆斯對自己的認識，她很快得出一個結論：她沒有如簧之舌，她不準備改變自己，但她希望（也是別無他選，非如此不可）做到備受尊重的第二種編劇。

如果強項不在嘴巴，就適當地沉默，這其實也是一個必然選擇。她希望盡量做到以文字服人。為此她甚至曾經私下做過一個實驗，某天她喉嚨有點不適，一時想到不如把心一橫乾脆扮作嚴重失聲，她開口喊不出話，只把自己當日負責的文字對白寫下來，遞交給編審。編審接過，也沒多言。原來，在這個喧譁世界，不發聲也是可以的。自此，「你是不是啞的？」這句話有了不一樣的意義，從一句別人投擲身上的罵語，變成一個自我定位的活法。

是的，那時候，電視台一個被譽為「金牌編劇」的韋先生，便是第二種「沉默型」，他的話甚至比艾繆斯更少，在眾人度橋時他通常一言不發（當然他可以這樣做也因為他已建立了某個地位），他只在某些關頭才出口發言，把四濺的口水花一網打盡打撈起來，或者在散會之前一槌定音來個結案陳詞。這種四兩撥千斤的本領，曾經叫艾繆斯暗自嘖嘖稱奇。

某次，一個四十來歲的電視台助理製作總監，就有意無意向艾繆斯說：「阿女，二十年前，一個王導演也曾經向韋先生說：『你是不是啞的？』這時，編劇還只是初出茅廬的小子，跟你現在差不多年紀，頂多大你幾年；二十年後，那個王導演都銷聲匿跡、無人記得了；而這個韋先生，則成了我們的『金牌編劇』。電視台有很多規則，唯獨他一個，可以go against the rules。」

艾繆斯不知道這個助理製作總監怎麼要跟她說這番話。可能是她的母性發作了（她喜歡叫年輕的女同事為「阿女」），可能是電視台的染缸中畢竟仍有好心人，也可能是，話中有話——「唯獨他一個可以」，即是說，你要違反規則，尚未有資格。艾繆斯學會忖度人家口中吐出的話。但也不能排除，這個高層暗地有點欣賞艾繆斯，即使不是認為她有本錢做「金牌編劇」接班人，也真的看出艾繆斯別具潛質。又一次，只需一對，一對關顧她的眼睛，就夠她咬實牙關撐過去了。

六、木人巷

編劇的工作不僅跟人度橋、寫劇本，還要跟演員對稿。下午二時多，編劇便開始跟演員對稿，在後台的一條走廊上，演員之間進行彩排，這條走廊，在電視台中有「木人巷」之稱，由於節目每晚「出街」，由於是無花無假即時演出，十八般武藝樣樣皆能，木人巷上的人都身經百鍊。即時記稿、即時改稿、臨場變陣，後台無論如何裙拉褲甩，來到台上，即時氣定神閒，即使偶有失誤，「蝦碌」也可變成笑料、「爆肚」變成即興演出，在即場上演的舞台上，沒有「NG」這一回事。

一些演員有時也擺架子的，尤其遇著艾繆斯這些乳臭未乾的女子，你跟他們對稿，要他們按劇本演出，遇著他們心情不好時，有時真會被罵個狗血淋頭。一次，一個大老倌就當面喝罵艾繆斯：「阿叔出來做戲時，你還在著開襠褲呀！」這句話其實沒什麼意思，無非是那種「我食鹽多過你食米」、以資歷來壓倒你的裝腔作勢，但由於老倌聲如洪鐘，所有在木人巷上的人都聽到這句話，一時間艾繆斯成了眾人的焦點，但也不過是一霎眼罷了，一霎眼後，人們又若然無事般回到自己的工作裡頭。換了是剛入行時，艾繆斯準會給這喝罵聲刺激得滿面通紅，說不定淚水還會不受控制地自眼角爬落，但到底是木人巷，一年抵得上幾歲，工作了一段日子的艾繆斯即使未練就金剛不壞之身，面皮倒也長厚了幾分，人也堅壯了，她一聲不響，以她極度專注的怒目回視，這股寒光，有時連大老倌也會感到震懾的。待寒光折射一番後，她才以她低沉的嗓子，不爭不辯，從剛才被打斷的地方開始做起。如果中學曾教曉她什麼，不過就是生物課本上那達爾文的「物競天擇，適者生存」的道理。有時要遇強愈強，有時要以柔制剛；有時硬功，有時軟功；有時惡，有時哄；有時回擊，有時忍氣；有時說道理，有時不。這後台的戲絕不下於台前，甚至有過之而無不及，因為台前只有笑聲，而後台，充滿了人性的七情六慾。

話雖如此，合作久了，大多數演員其實都是挺可愛的。偶爾大發脾氣，也是長期在壓力煲生活下的反彈。來到台上，大家都集中精神做好一台戲，雖有主次之分，但這是群戲，缺一不可；某程度上，這的確是一個「大家庭」。一天演一天清，個半小時後，舞台射燈一熄，踏出木人巷，不記仇，不記歡，不背負包袱，不帶走光彩，倒頭可以大睡，明天又是新的一天。

當然，在無休止的演出中，誰是真功夫，誰是空殼子，誰人上升，誰人下沉，大家都看在眼裡，心照不宣。姿態可以暫時把人壓下來，但長年累月，真正要讓人心服口服，還是要你的東西在行。艾繆斯的劇本對白寫得不差，慢慢也受到一點尊重；所謂「寧欺白鬚公，莫欺少年窮」，假以時日，這個編劇小姑娘，前途也許未可限量呢。

七、自修默劇課

而艾繆斯又的確有著比同齡人更強的專注。她應付基本工作之餘，常常到圖書館借劇本閱讀，開始大量借閱外國電影；電視台裡有一個藏量十分豐富的圖書館，她把它當成半個的家。在這裡，她開始比較有系統地鑽研喜劇的藝術，她從默片時代開始，沒有語言、純黑白的世界，更適切她的本性。又一次，與她不特別投緣的父親，一再在她身上暗暗發生作用。她父親是一個戲迷，小時候常拖著她的小手到電影院看戲，查理卓別林的《摩登時代》、《城市之光》、《淘金記》等經典作品，她其實早已看過，但那時候她畢竟太過年幼，留在她腦海的，就只有名副其實電光幻影的零碎斷片。現在關在圖書館中重看舊片，她彷彿與自己的童年打照面，又彷彿全新地探索一片未知的世界。

查理卓別林（一八八九—一九七七）外，她認識了更多默片喜劇重要人物的名字。譬如說，連查理都拜服得稱許為「老師」的麥克斯林戴（Max Linder，一八八三—一九二五）、以「神經六」開朗形象見稱的哈樂勞埃德（Harold Lloyd，一八九三—一九七一）、聲望可媲美查理的巴斯特基頓（Buster Keaton，一八九五—一九六六）。這些喜劇大師拍過的影片，圖書館有的，都給艾繆斯翻出來，這時還不是現在經典電影輕易可從光碟或網絡取得的數碼年代；她借出一盒盒錄影帶，在錄影機上播放，某個片段她認為特別耐人尋味的，便記下時間刻度，倒回帶子一看再看。這個時候，包圍於漆黑之中，只有她一個觀眾，小女子眼神炯炯目光如豹，黑白光影如磁鐵般吸蝕著她專心一致的雙目，來到某些場口隨著喜劇帶動她發出會心微笑或者哈哈大笑，不止一次她笑著笑著甚至笑出淚來，淚水就滴在她在漆黑中轉動著筆頭的記事本上。

怎麼會笑出淚來？這真是神奇的化學作用。她在漆黑中思索、玩味，終於明白，笑聲和淚水，本來可以如斯接近。在《麥克斯的策略》（*Max's Ruse*）一片中，麥克斯林戴嘗試用各種方法自殺，他要男傭拿刀子、槍來給他，結果自殺都不成功。觀眾的笑聲，竟然就是來自一個人自殺不遂的荒誕處境。他的電影以中產階級生活為基礎，然而，他在電影中常常是痛苦難堪的，都是由社會情境造成的悲劇人物，譬如他穿著一雙令腳部痛楚的緊鞋，去參加一個高尚晚宴。別人的受挫，常常是人們的快樂泉源，荒誕性常常產生自物事的對比，譬如一雙緊束的鞋子，之於一個高尚的晚宴。艾繆斯在記事本上默默記下觀影心得。

從戲裡延伸至戲外，艾繆斯也閱讀了一些演員的傳記。查理的身世，已廣為人知了。他生於英國倫敦，雙親都是劇場裡的著名喜劇演員，從小父母離異，家境貧窮，五歲的他就得登台表演賺錢維生，十七歲那年加入了由Fred Karno主理的歌舞雜技團做巡迴演出，這為他後來的喜劇電影注入不少創作靈感。喜劇由淚水熬煉出來，查理是喜劇史中最活生生的例子。

當然還有巴斯特基頓。他身世之悲慘，也許比查理有過之而無不及。跟很多喜劇演員類同，巴斯特基頓自小也跟隨父母在歌舞雜技團表演，從小被稱為「不會被傷害的小孩」（The Little Boy Who Can't Be Damaged）。反諷的是，沒有一個名字比這個更具傷害性了。自五歲起，他的父親Joe Keaton就經常猛烈地、粗暴地在舞台上對待這個兒子，以逗觀眾發笑，娛樂他們。長年以來，他在粗暴父親的陰影下長大，其父是個酒鬼，不時對他施以虐待與辱罵，舞台下的悲慘生活，被搬到舞台上展現於眾人眼前。後台與前台的邊界變得模糊了。小基頓很早便深明，當他在受苦中表現得愈是誇張，觀眾便看得愈是高興。災難與笑料似乎從一開始已形影不離，舞台上的喜劇演員，與舞台下的觀眾，進行著一場受虐與集體施虐的不明文協約。

八、插科劇場

過了一段日子，編審們也開始認為這小妮子是可做之材，她獲得了一個發揮的機會。這機會是在單元喜劇的過場之間，為了補位給演員做準備及置換舞台，她負責填補一個「三分鐘」的空檔，名為「插科劇場」。編審說：「你自由發揮就可以了，串燒式的，只要舞台背景簡單，演員愈少愈好，最多只給你兩個。」

如果換了別人，這不能不說是「雞肋」，但艾繆斯有她自己的想法。她當下想，機會終於臨到了。只有三分鐘，情節鋪排幾乎是不可能的，對白甚至不是最重要的。她想到之前自修的默劇課，可以派上用場了。經典默片，很多笑位都是一擊即中的。可以向經典默片取經，像射擊般必須瞄準紅心的一點，不可偏差。她並且想（不知是否有點天真），如果做得好，說不定可把經典默片特有的悲劇氣質，暗暗地拐帶到這個把笑聲無限放大的「歡樂今宵」舞台。

艾繆斯一再發揮她面試時施展過的「改編」本領。一分鐘內，一個演員誇張地用盡各種方法自盡不果，用絲襪上吊絲襪裂開，開煤氣自殺煤氣中途關掉、服食安眠藥愈食愈眼光光……自殺處境因而成了連連的「蝦碌」劇場（拜那時候電視節目尺度還是比較寬鬆，觀眾投訴意識還沒提高）。重複性與災難性是喜劇其中兩條千古不變的法則；觀眾隔著距離看著主角重複性地受災，這距離讓觀眾置身事外可以放聲大笑，而同時又可以讓他們代入角色產生憐憫或認同從而產生共鳴。

也不一定要去到殘酷的程度，喜劇在瞬間爆發，有些不過是無傷大雅的惡作劇，看著人家被整蠱，有點幸災樂禍的心情。「踩蕉皮」跣倒換成「踩銀紙」滑低，仍是有本事令現場觀眾發笑的。一隻哈巴狗踩著園丁在花園中澆水的軟管，水流停頓，園丁不解，對著噴嘴查看，這時，哈巴狗從軟管踏下來，園丁當頭給灑至一身濕透。這橋段改編自法國盧米埃兄弟一八九五年的 *Watering the Gardener*（相信是電影史上第一個喜劇片段），原來是一個園丁加一個小孩，現在小孩換了狗隻，演員少用「半個」，效果竟然更佳。

喜劇感也來自重複性的身體語言，內容於此甚至退居次位。查理那簽署式的跨鴨子步姿已成經典，艾繆思將之變化，由兩個女演員反串（貼上唇上的一小撮鬍子）同步地在舞台上模仿，仍有令人發笑的本領。艾繆斯在後台看著，想起自己小時候也曾模仿查理這荒誕步姿——最初是以身體語言對父親做出無聲對抗（既然你要我做一個男孩，我就做一個滑稽、誇張、扭曲，也就是你不會為之驕傲的一個男孩，到最後重複至你產生厭棄），後來卻自身成了趣味而成了她一段日子的慣性姿態。當她在電視台進出於實景與片廠、真人與道具之間，她父親在哪裡呢？他應該沒想到在家中的公仔箱背面，有一個虛實難辨的世界，在這世界中有一個處於稚嫩與成熟的女子，即她女兒，企圖以一支禿筆，把家中盯著電視機的無數父母逗得哈哈大笑吧。

喜劇感也來自意想不到的驚奇效果。查理卓別林那釣魚卻釣出靴子的片段如今已成經典，沒有人在實際生活中釣過靴子，當時來說，也從來沒有人在銀幕上看過人釣靴子，這「天大的發現」把人們逗樂了。艾繆斯把「釣靴子」改動，變成一連串的「釣西瓜」、「釣電話」、「釣胸圍」等，竟然也發現人們一樣合作無間地哈哈大笑。一時之間，世界好像回到查理卓別林那把黯然光照的默片喜劇年華。艾繆斯想不到的是，在現場觀眾以外，那刻她的父親碰巧真的在盯著電視機，看到胸圍自海邊被釣起時也發出哈哈大笑，以致笑得氣促起來，眼淚冒出，自顧自唸唧：「敢情是笑喜寫的，真是好笑！」經過這若許年，兩父女，終於因笑聲而連成一線。

九、敲打木筷子

默片時代的喜劇，由於不在乎演員的發聲，演員常常要以誇張的肢體動作與表情眼神，來演繹近乎鬧劇的荒謬情境。這種在早期普遍流行的喜劇類型，有一個名稱，叫「打鬧劇」（Slapstick Comedy）。Slapstick 這名字可有故事，它取自傳統小丑演出中，為了博得觀眾掌聲，小丑敲打的那雙木筷子。來到電視媒界，那雙木筷子變作喜劇中不斷響起的背景人造笑聲。在電視台那個綜藝節目中，除了背景人造笑聲，那雙木筷子還加設了另一裝置：觀眾席間的「請鼓掌」燈箱，在某些製作人認為觀眾應該發笑的位置，那個燈箱便閃閃發亮，現場觀眾大多會適時合作，以茲鼓勵。艾繆斯的工作本來在節目「出街」時已完結，但她在「插科劇場」播出時特意留下來，為的就是默默觀察現場觀眾的反應。但笑聲連連、掌聲不絕，一時之間，哪些是機械性的回應，哪些是真正拍案叫絕的回響，她當局者迷，竟也覺得不容易分辨。

凡事只有表象就無所謂悲劇，悲哀的意味總是乘隱喻的維度潛入。當下，在觀眾席環迴立體的笑聲包圍中，當艾繆斯盯著那隻從海邊釣起的靴子時，她忽然悟到，若把釣魚釣出靴子做為人生隱喻來看，笑聲背後其實是充滿悲哀的。這是期待的落空——希望

（魚）與現實（靴子）的巨大差距，物事不由自主的轉喻，只是這凡人的悲哀，透過釣靴子的陌生化，變成一則喜劇。笑著看著，釣靴子的確是可笑出淚來的。因為有了生命的體味做底子，舞台上的悲哀便可以閃現於一剎。艾繆斯在現場看到觀眾哈哈大笑，笑聲甚至延續至「請鼓掌」的燈光熄滅之後，她確定這些笑聲不是「敲打木筷子」的反應，而真正是發自內心的。這一次，她首度嘗到勝利的滋味，自己也禁不住笑了，這喜悅中不是沒夾雜著眼淚的。

分裂的人

1・女—女

直至我把自己的分身照見出來我才變成了一個完整的人。其實「你」一直都在只是每多隱伏於軀體內如蟲子寄身於心房，有時也外化成一個人形靜默地坐在我眼前但無人看見。從很小的時候我就把「你」隨身攜同「你」不向任何人說話好像一個自閉兒只向唯一的我傳話「你」的話我多數能夠捕捉但不一定來得及照料。照鏡子的時候「你」每每一閃而過因為鏡子中的我是我也不是「我」，一個人照鏡子是自我欣賞也是自我聲討的最佳時候。

雙生兒。我曾經問過母親，我來的時候是否有一個姊或妹跟我前後腳一起到來，但不幸臍帶纏著了她脖子從母親子宮走出來的是一個粉嘟嘟的人體與一個紫藍色的屍體。母親眉頭深鎖地說，也沒責怪之意：「沒這回事。你一個人赤裸裸來到世上。臍帶很快就剪斷了。」

大多數時候「你」非常安靜也與我非常合拍。偶爾與我意見不合但「你」的聲音比我更微弱也更內在。升上中學後「你」開始更有主見，在我參加群體活動時，自閉或內向的「你」搖著我的衣角嚷我躲開，在人群之中「你」感到一種說不清的不自在，我參與同伴的遊戲作樂我扮演著投入的角色但突然間可以噤聲不語以致從人群中走出來。如果不是「你」在我心房內嚙咬鑽洞，我也許便可以真正忘乎所以地投入而不用只是「扮演著投入的角色」，儘管周遭可以把兩者細微分辨出來的同伴幾乎可說沒有。漸漸我也習慣並且更深切地明白，完全投入的那個不是我，扮演著投入角色的那個也不是我，是同時穿梭於投入、疏離、扮演投入、扮演抽離、突然撤退之間，處於不穩定伏特升降的那個才是我——我們——我和「你」。

直到多年後，我的母親一次談起我童年時說：「你小時候患過思覺失調。」說時也帶笑意，可能以為事過境遷，很多敏感孩童在成長期也會出現幻想失神的徵兆，都屬過渡性，長大過後便歸於正常。我當時也向母親淡然一笑，體內的「你」微微傳來一把聲音：「母親搞錯了，『你』小時候，根本就未有『思覺失調』這個說法。這個名字是二十一世紀才被醫學界發明出來的。」

我非常清楚，過渡性的東西不只是過渡，而是已經深入骨髓成了「本質」。我現在常常仍看見「你」、聽見「你」，有時躲在衣櫃裡，有時躲在床下底裡，有時在我低頭伏案寫作的時候，「你」在旁邊靜謐地以一對穿透的眼睛在審視我在時光中雕刻的文字。在我敲打鍵盤的時候，在我自言自語的時候。在我寫作猶如面壁玩手影、自我傾聽、自我禱告，同時也是自我遊戲的時候。甚至在我一人進餐的時候，「你」就坐在我對面的卡座低頭默想剛才掩卷的書籍，沒有侍應會來騷擾「你」或招呼「你」因為他們根本看不見。

要說跟「你」的相處和同在，這將是比一匹布更要長的故事。我特別想說的是「你」一言不發，在骨牌差不多砌成，只差最後幾塊便大功告成的時候，「你」突然將骨牌推倒的剎那。當然我這樣說只是一個比喻，但這些瞬間，無傷大雅的有、具決定性的也有，都曾予我以傷痛與震撼。譬如說一次我跟一夥同學在操場圍了一個圓圈，大家在玩著拋手巾的時候，手巾是純白色絲質的這個我可以確定，因為它當時就握在我的手裡，由一個親密女孩傳到我的背後，準備隨我的意志放在誰個孖辮或蝴蝶結女孩的背後。「你」忽然走出了由女孩圍成的圓圈，對我手中握著的白手絹露出不解的睥睨，並把目光投到操場上不遠處的垃圾桶那裡。女孩的歡笑聲就響在我的耳畔，但一刻竟然敵不過「你」彷若帶邪術迷惑的眼神，我逕自把白手巾掉進「你」目光投射所及的容器之中。女孩譁然，白手巾的主人兒，我在學校裡的親密女孩低頭啜泣，從此我和她之間生了一面不可推倒的牆，心之牆。

這片段回想起來只是一件無傷大雅的事。傷人大抵終究不及自傷的那麼嚴重。在同學一起力有所及或力有不逮地參加成人給我們預演的公開考試淘汰賽時，我也加入了這場Mock Exam ——後來我方醒覺「Mock」在英文裡既指「模擬」也有「嘲弄」之意，一語雙關本是我的名字。我成績一向優秀在班中也可說是名列前茅的優異生，似乎離就在中學對面的理想大學只是一步之遙。「你」在這個關鍵時候——人生應該把其他一切擱置，將心力注碼全押在一場嘲弄模擬成人賽的生死關頭，「你」想出了一個非常有效地令我「分心」的方法——思考人生的意義以及虛無，並且投進了文學閱讀的世界。老師用白粉筆塗在黑板上的文字我看不進眼，我把頭枕在與隔鄰相連的木桌可以嗅到令人心痛的木香，老師走近我身邊輕輕用曲起的指頭關節拍打桌面，她看到一個眼神恍惚的我，那刻我告訴不了她，是「你」——在我體內儼如叛逆因子的「你」把我弄得面容枯槁，並且我也沒告訴老師，昨天我沒像其他同學重溫著前人歷屆的試卷，這條舊路真是乏味無聊得可以，我的黑眼圈是因為通宵看了卡繆的《異鄉人》而弄出來的。老師不發一言，轉背離開了。

當老師在黑板上寫著$E=MC^2$時我想著尼采的「上帝已死」。當班主任因我遲到扣我三分操行分時我想著杜斯妥也夫斯基的「如果上帝不存在，一切皆被允許」。當同學聽著預先提取愛情或失戀感覺的綿綿情歌時，我腦裡響起並不屬於我時代但完全入了心肺的歌詞，如披頭四的〈Nowhere Man〉：「He's a real nowhere man, sitting in his nowhere land, making all his nowhere plans for Nobody.」或者女孩一點的，也不屬於我的年代但聽進心坎裡的「Where have all the flowers gone? Long time passing. Where have all the flowers gone? Long time ago. Where have all the flowers gone? Girls have picked them every one. When will they ever learn? When will they ever learn?」。無人在我身旁伴樂，只有「你」，在我心內哼哼唧唧地低吟，拉我一起唱和，我不知那應該叫做「獨唱」還是「二重奏」。

於是「你」在短時間內成功把我轉型。「你」在我耳畔反覆述說如催眠：一直做一個模範生也太沉悶了。一直做一個貴族，「你」將來的文字不會有複雜的顏彩。「你」不嘗失敗的滋味，「你」不會懂得憐憫，也看不到中心以外的許多邊緣。結果如「你」所願，「你」暫時成功了。一次我在陸運會田徑場上勁跑已走入直路終點在望連面前的目標線也看到了，「你」突然在我背上一推，我摔倒在目標線前；老師事後跟我說：「你是好材料，可惜就是心理狀態不夠穩定。」好像我真是一個運動員似的。我在模擬嘲弄成人賽上過關斬將，在臨末一場「你」束緊纏在馬頭上的韁繩不是叫牠快馬加鞭而竟是勒令牠調頭離開，我因身體病倒（是的，就是母親後來所說，我小時候曾患過「思覺失調」，我出現了幻覺）而缺席了臨末最關鍵的一場。一再地，我已經差不多可把疊疊高的骨牌砌出一座城堡來，卻突然拂袖把一面城牆推倒，「你」說相比一座堅立的城堡「你」更喜歡一座崩塌的廢墟。在不應該跌倒的時候我跌倒了。後來我長大了在我筆耕時差幾行就完成了另一隻手狠心地把稿紙捏做一團，當中想必有我們的相互默契和長期合作。「你」在我心內叮嚀：「你要寫出好東西，還得對自己殘忍一點。」

2・女—男

不知是「你」給我診斷還是我給「你」治療。「你」診斷我與世界合流常常也禁不著追隨大眾建構的聲望和幸福。我斷定「你」有自我毀滅的欲望，專以我的人生做實驗場。「你」默然點頭說是的，圓滿是「你」不能忍受的因為圓滿意味著遺憾的缺失「你」存在的廢墟以殘缺的碎片堆積。我抬起頭來此時正值黑夜連天空也附和著「你」在我頭頂映照出一彎新月。「月如鈎，寂寞梧桐深院鎖清秋。」我唯有回「你」一段以蘇軾的「月有陰晴圓缺，此事古難全」。課文學到的東西畢竟也非完全枉費。

一切建立在浮沙之上，我剛堆起一個沙丘一個海浪旋即把它沖走。自我建立，自我摧毀，說來也是「自我完成」的一場遊戲，只是我們緊密的影子探戈，有時也把其他本不相干的人拉進帷幕裡，如我小時候那個曾經親密的女孩。是的，我時而也想加入主流的齊聲合奏那裡有比較容易寄託的安全。所以後來，女孩換了性別，我也曾經戀上男子。

他有我身上所沒有的，由長在喉頭上的核桃，到長在胸膛上的寬闊，到長在兩腿之間的一根欲望尾巴。那愛也不能說是淺的，過程中我也曾悉心學習把一個茫茫人海中擦身而過的隨機對象，當成構築自我的命定核心，彷彿我生來就真的有所欠缺，如一個空瓶子等待清水注滿也反過來讓無定向的清水有所歸附。

這樣的欲望對象也不止一個。有的牽過手就在冷巷中分開了。有的走得長一點但也在長街中失散了。有的爬上了我的床襟，讓我見識欲望尾巴豎立時的形貌而恰是這異己的一磅多餘的肉給「你」嚇倒了。它竄動不安欲找一個洞穴埋藏時「你」又異乎地強頑守在洞穴的門口把靈蛇趕退了。「請不要碰。」我開口說話，將「你」心中的吶喊壓低成婉拒。男子以為我欲守清規暫以保留完整的身軀，「你」在我體內竊笑這是什麼時代呀面前脫清光的神聖男孩真是純真得可以。是的，如果我把男子推開，絕不是什麼清規俗例或陳腐道德，而全然是「你」在我體內騷動作祟讓我面對任何赤裸異己身軀至幾乎交合縫接時，都會惴惴不安以致無由地生出噁心的厭惡。

有的男子也曾執意把我帶離我睡了近三十年的單人床。有時用一種暗示：三呎半的單人床，兩人睡在一起也太窄了，雙人床始終比較舒服。「你」微微一笑，不置可否，「你」把說話聽進耳裡，非常清楚「單人床」與「雙人床」做為一則比喻，以及由單人床躍上雙人床的本質距離。我尊重「你」的意願說：「但我天生不可與人同睡。」「為何？」「我自小就害失眠。」「也許正是缺了另一條胳臂，或是臨睡前在你額上印上的一個吻痕。」「但你不由自主的鼾聲會驚動我。我連床頭都不可以放滴答響的鬧鐘。」「但我已把自己蜷縮一角，盡量不發出聲來。」「但你是人，當我完全沉浸於寫作時，連最微弱的呼吸聲都會擾亂我。」這一段對話也是一則比喻，男子也不盡是愚蠢的，有的也聽進去了，不作聲反抗，默言無語，就是最可能有的莫大溫柔。

事實是，我也曾經踏在婚姻的門檻上，與婚姻的祭壇只差一步之遙。是的，我說的不是愛情故事，所以以上男子的故事都可以蒙太奇快速掠過，我想說的是「你」，「你」與我的同在，「你」與我的分裂，以及，「你」一再在我生命要緊關頭跑了出來。

其實也不能說是不愛的。溫柔男子把我帶到城中著名的「縫合街」上。每天有很多的一半加另一半，走進這裡任何一家店內，挑選特製的白色裙子和西裝禮服，給縫合店裡的裁縫師把他們縫合成無縫的一對。好像是漫不經心又像是互有默契地，在城中半島行著行著，我們就拐到開了一列展示美好幸福景觀的縫合櫥窗街上。溫柔男子情深款款地在長街上哼起歌兒，由八〇年代唱到九〇年代，橫跨了我的青春期，我和時代的黃金歲月。

「對我講一聲終於肯接受，以後同用我的姓。」

（是的，這歌那時候感動了萬千少女我的親密女孩愛煞了。當這歌在城中響徹我念念有詞「你」皺起眉頭緘默不言。是的就是這時候，「你」帶領我轉聽披頭四的〈Nowhere Man〉、Peter, Paul & Mary 的〈Where Have All the Flowers Gone〉，還有 Simon & Garfunkel 的〈I'm a Rock〉等等，來自不同頻道的。）

時代轉換，但天下男子還是想著與女子共享自己的姓氏並以之為承諾。

「只需要當天邊海角競賽追逐時可跟你安躺於家裡便覺最寫意只需要最迴腸盪氣之時可用你的名字和我姓氏成就這故事。」溫柔男子唱著另一首九〇年代的歌時，我們正面向著一面反光的縫合店櫥窗。

（「因此，人要離開父母，與妻子連合，二人成為一體。」「你」在我身後掩映，好像怕我終於被成功感動，絮絮不休：「原來流行曲歌詞與聖經話語，那麼相通。」）

男子情深款款唱罷這歌，在袋子裡掏東西，「你」在我身後已經猜到，應該是一枚欲把我扣著如金剛圈的婚戒。男子幾乎要學著典型愛情浪漫片的情節般要屈膝跪下來了。我打量著面前櫥窗陳列的維多利亞庭園美景，視線落在一對穿上白色裙紗和黑色燕尾服的新娘新郎櫥窗人偶，不期然發出一個疑問，把他屈膝的姿勢暫時凝住。

「為何縫合街的櫥窗人偶都是無頭無臉的，一個個在脖子上齊平地被劈去頭顱。」

我開口問道。

「因為那缺失的頭顱，等待你和我去填充。那缺失的頭臉，就在櫥窗反照的對面，立著我和你，絕對的獨一無二，不可預先鑄造。」溫柔男子說時甚至動手按在我的頭上，好像真的要把它扯下來放在面前的女櫥窗人偶的脖子上。

是在這刻我真的把「你」照見出來。「你」不再在我的背後，「你」的頭顱飛上了面前櫥窗人偶的脖子上，我望進命運的鏡子之中，「你」怒放的頭髮散開披在白色裙紗一直垂落至棗紅色的地毯之上，蛇髮捲曲，好像希臘神話筆下一顆麥杜莎的頭顱。

幸福好像就在前面，男子看到的是岸頭，而我看到的是擱淺。不是一間，是間間如是。女模特兒斷頸上有些披上頭紗，男模特兒就乾脆被劈去頭顱。我的胃壁猛然湧上一股胃液差點兒沒嘔吐出來。「你」以為我因感動而一時失神，竟給我遞上袋口裡的白色手絹。在要緊關頭「你」一再跑出來了。「信與不信不可同負一軛」，小時候聽的聖經課也跑出來了。「你」一手把我握著把我帶離櫥窗現場，我與「你」在街上狂奔橫掃了許多斷頭人偶，玻璃反照頭顱滿天飛，其中也有一些落在地上翻滾旋轉，說不定當中有一顆施洗約翰的頭顱斷送在「你」這個形影不離的劊子手中。我跑呀跑好像要跑到故事的盡頭又像回到故事的起初，長長的櫥窗街扭曲變形成一條隱修院的隱蔽迴廊只剩我和

「你」二人成為一體地冥想繞圈。

3・我—我

我回到了寫作的洞穴，一個人的房間。晚上繼續留守在三呎半的單人床上，偶爾失眠。

母親不再重提我小時候的思覺失調了。她開始轉口說：「阿女，再這樣下去，你要成『孤獨精』了。」好像說中「你」的心事，即時反應，我唯有回母親以五字：「必要的孤獨。」可能母親以為我又思覺失調了。

但我不再忐忑、不再茫然，我終於明白，所謂的「另一半」，其實也是存在的一則寓言。

有一個希臘神話是這樣說的。話說遠古時人類本有三個類別：「男—男」；「女—女」；「男—女」；全都是圓滾狀的，有四手四腳、兩張臉以及兩個性器，他們在地上滾動，力量強大，也曾意欲攀上奧林匹斯山，天神有所顧慮，於是把人類劈開一半，將圓滾狀壓扁，留下中間一個肚臍做為印記。失去了「另一半」的人類失去力量，消沉而終至朽腐。天神不欲人類滅絕，因為還需要人類獻祭和崇敬，於是把人類的性器扭向前面，像我們現在的樣子，人類透過性交得到暫時的接合，稱之為性愛，其中的「男—女」組合並得以繁殖。從此以後，人類來到世界就多了一個使命或曰歸宿，生來就是要尋找在世迷失的「另一半」，方至圓滿重新歸於整合。

儘管這則神話誕生於兩千多年前，但它仍有異常頑固的力量。人們仍是會稱自己的終生伴侶為「另一半」。這「另一半」落入塵世，有不同的稱號如「夫婦」、「夫妻」、「配偶」、「伉儷」，經法律認可，多為一男一女，但其實，原神話並不排除男男或女女的結合。所以這則神話也極具包容性，彷若無懈可擊。但我想表達的「分身」體，恐怕還不是這三個可能性的任何一種。

我曾經以為自己是「女—女」，後來我又曾經以為自己是「女—男」，我曾經也到處尋覓，那冥冥中失落的另一半。生命各從其類，「男—男」、「女—女」、「男—女」自有各自的軌跡和可能，如同我的生命，就是多得母親與世間一個男子的共同結合。我無意否定任何類別，我只是想說，這近乎完美的神話還漏掉了一個類別，在這類別中，一半與「另一半」的關係不是以另一個他者為對象的，它本身就不是「對象性」的，他／她的「另一半」本來就是他／她自己的分身體，與生俱來地存在，自我分裂、併合、自轉、反照成一個整體，一定程度上，你可以說這類別的人只能愛自己，不懂得愛別人，因為任何別人，哪怕是天下間最溫柔最體貼的，都會成為一個令他／她不能完全自在的異己他者。我且稱這第四個類別為「我—我」。天神把人類通通劈開成一半，其實神話還漏了一個祕密——天神的刀鐮也有不及之處，其中有一類剩餘者天神怎樣也無法成功劈開，因為「我—我」本身就是一個「雙身兒」，天神的刀鐮把「我—我」劈開，使雙身兒的「另一半」成為一個躲藏的幽靈影子，但影子始終附在身上吊著披著如一件斗篷，等待他／她自己拿起針線與自己縫接，繼而又自我拆解，無休止循環。很多「我—我」錯把自己當成「男—男」或「女—女」或「男—女」，難免傷害了別人／對方像我曾經所做過的。這是我在尋尋覓覓很久之後才深切明白的。也是在這時候，我才全然接受，我將與「你」永遠同在，再不需要任何其他對象。我也將與「你」永遠拔河，永遠拉鋸。一個人同時是自在與不安的來源，一個「雙身兒」，一個「孤獨體」。我與「你」的並存成為一個生命的鐘擺，我以鐘擺的兩極擺動來提取力量——存在的力量，寫作的力量。以寫作做為存在的方式，努力將自己變成自我創造的一個系統，在寫作的終極邊界或即自己身體的羊皮紙上，將意義與虛無縫接。

特別收入／

我城零五

一

維多利亞公園擠滿了人，我還以為維多利亞來了。但皇后是徹徹底底地走了，走得只剩下一條皇后大道，分東中西三截但沒有南北發白。現在的人也不說維多利亞公園，叫她維園，維園涼亭每週日都有一班擁躉叫維園伯伯。城裡的人喜歡說話精簡，譬如乘搭計程車叫「搭的」、「翻版影音光碟」叫「老翻」、檸檬可樂叫檸樂、檸檬七喜叫檸七（茶餐廳侍應再簡化為〇七）……

現在是「檸七」月份，烈日當空，人聲鼎沸。遊人那麼浩浩蕩蕩，藍天白雲黑衣人，那麼黑，再猛烈的陽光也全吸蝕進去。一塊土地可以承受多少重量呢？我很是擔心，城市的土地多年來向海水借貸而來，如果土地崩裂，沉在海底百年孤寂的垃圾地基，恐怕就要傾湧出來了。

我從沒見過一個城市那麼討厭一個數字。足球明星碧咸穿二十三號球衣（現在式）。籃球明星米高佐敦穿二十三號球衣（過去式）。在人堆之中，那麼多人反二十三，好像要把二十三剔除於整數表之內。萬人迷今天都冇面俾了。

如果這刻以鳥眼從高空俯視，下面的人群就是有史以來最長最長的一條螞蟻隊了，由維園一直延綿至i城政府合署。每一隻螞蟻的力量都很微弱，但聚集起來可以滾動世界最大的石頭。

螞蟻兵團中有黃蟻白蟻黑蟻火蟻。當中有蟻王蟻后，拿著一個叫「大聲公」的物體。我只是一隻很普通的螞蟻、一隻年輕力壯的螞蟻。因為年輕，汗珠特別大顆，熱燙燙的從額角滾下來，爬落胸膛和背脊，再被四周的熱氣蒸發掉。今天天文台發出了酷熱天氣警告。地球好像一個火爐，上帝之手不斷把火爐升溫。

汗水融化脂肪。今天對很多人士來說也是瘦身日。我不需要瘦身，一來我不肥，二來我是男孩子。我的名字叫阿果，剛剛大學畢業，家有一母一妹，家住旋轉木馬道一號梅麗大廈。我的姓氏很普通，姓陳，所以我跟城中一個肥導演同名。我不喜歡跟別人一樣，所以我寧願你叫我阿果，或者叫我的花名無花果。

無花果這個名字是我妹阿髮給我的。無花果在聖經中不是好東西，但我沒有信仰，並不介意，而且i城市花波希尼亞也是不結果的（波希尼亞又不是波希米亞）。結不結果的問題對我來說還是太過遙遠，我直覺認為，i城密度已經太高了，如果人多下去天天就會像今天一樣，那就不好玩了。如果地面上每一寸都站滿了人，難道要玩疊羅漢嗎。而且世界也不特別美好，如果我們沒能為未來建構一個美麗新世界，不好把人無端拋擲到這地球上。如果世界美好，我們今天就不會集體上街了。當然，我們還會上街，又即是說，我們還未放棄。

說起我妹阿髮，她剛才還與我肩並頭行（她的頭只及我的肩），現在已跑到前方，追趕著董伯伯和掃把頭一對出氣公仔。她見到公仔就會去追，好像上了發條不可收拾一樣，所以我也給她起了一個花名，叫她發條髮。兩個月後我妹阿髮就要升讀中五了，踏著我也踏過的路。現在已經接近暑假了，雖然她說過會考壓力很大，但她又說：暑天不是讀書天，夏日炎炎正好眠。

至於我母秀秀，她說上了年紀，會給猛太陽曬出老人斑，所以她在家中默默支持就好了。她說的默默支持，就是收看電視。我母秀秀閒時的娛樂就是看電視，生活中最刺激的時刻就在每年的電視劇選舉，她今年最愛的角色是戇夫阿旺。我母秀秀其實並不老，雖然額上和眼角皺紋是明顯了一點，可是拿長者咭還要多等好些年頭。我看到很多比我母秀秀更上年紀的公公婆婆，頭髮花白腰板彎曲，他們不也踏步前行，不怕太陽的威力嗎？還有跛腳的、坐輪椅的、小孩騎著大人膊馬的。我舉起新買的數位相機拍了一些相片，回去要給我母秀秀看。

* * *

每個人今天到來，都有不同原因。有的可能見今天風和日麗，又是假日，就來湊熱鬧集體行街，當參加一場普天同慶的嘉年華會。有的叫高官滾蛋去，平日官字兩個口，今日民眾加起來卻有幾十萬個口，如果齊聲喊起來，聲浪恐怕就要由維多利亞海傳到中南海了。

雙失少年麥快樂不喜歡喊口號，他覺得喊口號是一件很難為情的事。他只是低著頭，默默地跟著隊尾行。人擠人，如蝸牛般蠕動的人鯁在樽頸，麥快樂困在維園的時間，足夠他吸入七十一支二手菸。對於排隊，對於等待，對於蛇餅這東西（蛇餅又不是美味的薯餅），麥快樂早已習慣了。

活在i城的人沒有不排過隊的。會考放榜排隊找工作排隊買樓花排隊換史奴比公仔排隊買孖展排隊到公立醫院求診排隊上頭炷香排隊。排隊，總也證明這個城市愛守秩序，有文明的一面。不過，有時也會出亂子，像公公婆婆拿平安米，結果就鬧得很不平安。

排隊的代價是許多時間白白流失了。麥快樂最近聽了復出歌神唱的「莫等待，光陰不會復來，勿讓青春偷偷消逝去，莫等待……」，心有戚戚，就堅決不再做「日日攤晌屋企等米路」的「莫大毛」。不過，沒有人說他是「莫大毛」或者「蛀米蟲」或者「化骨龍」，時代畢竟不同了，更時興的說法是「雙失」。「莫大毛」和「雙失」是不同的，一個是不思進取，一個受客觀環境影響。「莫大毛」可以超齡，但「雙失」一定是青少年。事實上，這年來，很多大型公開招聘會麥快樂都有去排隊，他每次都提早到達，但每次都是排隊尾；每次的答案都是：你回家等等消息。

所謂「雙失」，指的是十五至二十四歲年齡群，失學又失業，雙重打擊，高峰時期，三個青少年，一個失業漢。失業失落失衡失望失心慌慌失失就失到街頭上來了。

麥快樂喜歡飲麥精維他奶。他曾經以為維園是維他奶花園。他最喜歡的一本小說叫《麥田捕手》。前V城總督麥理浩離開香港那一年，也是他父親去了賣鹹鴨蛋那一年，小小年紀的他已經是「單失」。好一段時間，他以為自己的父親是麥理浩。好一段時間，他以為自己的父親是紅頭髮白面孔的麥當勞。後來長大了，他覺得自己更似麥兜，父親是一去不返的麥丙。

但麥兜還可以去練腳瓜搶包山，他又可以怎樣？

＊　＊　＊

阿髮覺得今天集體行街街，真是好玩極了。天文台今天發出酷熱天氣警告。空氣瀰漫一股熱氣，混和著人們肚子內的怨氣鬱氣和怒氣。最好給每人派發一個氣球，把氣球吹爆來消消氣。她看到很多高官肖像巨型紙牌，又有持刀人像，刀上奇奇怪怪地寫上「人人頭上一把刀」，那把刀好像家中母親秀秀廚房那把大菜刀，磨刀霍霍，但母親不曾把刀舉在人的頭上。

有一班老師在喊口號：「反對朝令夕改！」阿髮不明白，老師不也在天天改功課嗎？如果老師罷改功課就好了，她就不用天天交功課了。

有一次老師說「沙膠」，阿髮不明白是什麼東西，老師也自打嘴巴，改過來說：「拿你的塗改液出來。」阿髮的作業簿上滿布白色塗改液的痕跡，老師一趟就跟她開玩笑說：「阿髮阿髮，你長大了可以做一個油漆工人了。」

阿髮經常寫錯字，塗改液一個月換掉兩支。老師又再開玩笑說：「阿髮阿髮，你可以搞一個塗鴉展了。」有時把錯字改正，有時把正字改錯，老師便說過她：「阿髮，是改正，不是改錯呀。」後來她聽到兩個老師交頭接耳哎哎聲說著「教改」。「哎！真是沒完沒了！」「哎！愈改愈錯！」阿髮因此知道，改錯，不是她的專利。

由小學至中學，阿髮的嘴巴也不斷在改嘴型，一時說母語，一時說英語，一時說普通話。阿髮特別多胡思亂想的念頭，「母語教學」令她想到「母乳教學」，「母乳」是好東西，那麼「母語」也應該是好東西。老師也說「母語」是好東西。然後，幾年後，老師上課忽然改說「英語」，老師解釋：「你們已經脫離了母乳期了。」又說：「我們上車，由中中改乘英中。」阿髮頭都大了，老師一定搞錯了，怎麼學語文好像搭巴士一樣？至於普通話，她覺得一點也不普通，捲得她舌頭都打結了。

阿髮深知考試的痛苦，對於老師也要考試，有的同學拍手掌：「好了，老師跟我們看齊了。」「好了，老師也要刨書了。」「好了，老師也拿紅雞蛋了。」有的同學如阿髮卻說：「老師以往已經身經百試了，現在還要考試，真是累透了。」

二

累透社中聚滿了人群。累透社於一九九七年七月一日成立。「凡勞苦擔重擔的人，可以到我這裡來，我就使你得安息。」累透社教主說。加入累透社的會員人數每年以雙位數倍增。有的累透社成員因為過度超時工作，變成「不落巔綜合症候群」。普遍症狀是把辦公室當屋企，把屋企當酒店，長期看不到太陽在山巔沉落，一天被分割成白晝與黑夜兩截，嚴重者眼皮重量比常人重一百倍，要用兩枝牙籤挺著眼皮。另一類是「八爪魚咭症候群」。在終身學習的大旗下，這群人不停地自我增值，將自己變成了一張八爪魚咭。另有「八萬五症候群」。這群人中了一種數字咒，脖子上掛一條鐵索，鐵索牢牢地綁著一幢樓宇，他們一隻手狂劈鐵索、一隻手狂按計算機，並且老是算不明白，好端端的正數，怎麼一下子變成負數。

累透社成員有一個共同特徵，就是走路的時候，總是眼望腳尖，彷彿脖子上頂著的不是腦瓜子而是一個鉛球。嚴重者要在脖子上綁上一個氫氣球，以防他們一不留神倒栽蔥。白天裡，他們各自踐踏著各自的影子，i城的天空他們當然是看不見了。即使他們偶爾看天，天空因為被摩天大樓遮蔽，又或者被懸浮粒子掩蓋，長時間有「煙霞」，能見度一般也相當低。因此，i城的天空逐漸貶值了。到了晚上，他們也少有舉頭望明月，自然也不會低頭思故鄉（故鄉不僅遙遠，而且是空洞的東西）。星星因為街燈太亮霓虹招牌太光又或者雲層太厚，也不容易看到。

沒有熠熠星光，但有人造煙花。i城很喜歡放煙花。新春煙花回歸煙花國慶煙花輪流轉，如是者，一年又是一年。最近煙花更每晚定時定候在維港上空綻放，天天都是火樹銀花。煙花璀璨，然而短暫，火花飛騰然後墜落，盛極而衰，物理世界之必然。i城是一朵煙花嗎？世界上有不滅的煙花嗎？萬家燈火，迷霧之下，如梭如織。七月流火，本該快樂，然而人心不安。

煙花於摩天大樓樓頂爆破，最愛看的人，叫「自由行」。自由行站在肥沙嘴海旁，觀看對岸的維港夜色和煙花幻彩。只有自由行最樂於仰視。「嘩！很美妙的天空呀！」「嘩！很壯觀的高樓呀！」「嘩！很動人的夜色呀！」自由行因此知道，這個城市十八幢高廈的名字：竹銀大廈、中環廣場、嘉誠集團中心、夏慤司令大廈、i城大會堂、i城會議展覽中心、獅子銀行總行、渣甸大廈、花旗萬通大廈、交易廣場第一座、交易廣場第二座、國際金融中心一期、國際金融中心二期、水兵道政府合署、炳湘地產中心、中環中心、祖國人民解放軍駐i城部隊大廈，和i城演藝學院。多麼繁華虛幻的景象，累透社成員因為頭顱過重，自然也是看不到了。

由不同界別組成的累透社委員會，為成員開列出一張長長的治標良方：健身噫弗安眠藥搖頭丸無添加瘦身消腩去皺抗氧化靈芝孢子永遠購物獅子山下共度時艱明天會更好飛龍再生狗仔隊大娛樂家金枝慾孽超級無敵掌門人殘酷一叮心繫家國楊利偉維港巨星匯皇家馬德里賭波合法化不加思索馬照跑舞照跳一國兩制五十年不變。萬歲萬歲萬萬歲。

Super！

三

朋友，今天和大家講吓上街嘅意義。

上街不同行街。行街不同逛街。逛街不同遊街。遊街不同企街。企街不同阻街。阻街不同上街。

古時說逼上梁山，今天應該說，逼到上街。

所以，上街表達訴求，不可說成行街，更不可說成行街街。行街是i城獨有的方言。雖說行街，大型商場才是平日城市人愛行的「街」，在這些「街」上，一個個亮麗櫥窗向你招手。但是，沒有人上街會行商場的。商場不是上街請願的地方。

上街的時候，我們暫停做一個消費人。所以，上街不會走入行人徒步區或者購物大道。

上街的時候，我們暫停做一個觀光客。所以，上街不會走入星光大道。

上街的街，一定在路面，不可以鑽進行人隧道，不可以走上高架天橋。行人隧道和高架天橋都是我們平日行的街，但不是上街請願的地方。因為在上街的時候，我們不僅是人車分隔的交通物。

街，民眾對抗強權的據點。最出名的有巴黎的革命街壘。i城沒有街壘。上街是反映不滿表達訴求的方式，不是戰爭。街是公共空間，人人都可以行，但五十人集體行街，就大件事，要預先申請。

阿髮，發條髮，你收唔收到？還不快去改正。最好不要用塗改液，塗改液會破壞地球，我們的地球已經有一個大窟窿了。

四

每天你都有機會與別人擦肩而過。你也許對他一無所知；不過也許有一天，他會變成你的朋友或者知己。

麥快樂其實已經第三次與阿果擦肩而過。第一次，在一年前，在一間茶餐廳內，卡座。阿果坐在一邊，吃著不是來自星洲的星洲炒米。麥快樂到來，他喜歡找卡座，卡座是私人空間，卡座有時坐一個人有時坐兩個人有時坐四個人，靈活度很高，視乎一天的什麼時分。

侍應把麥快樂指到一個卡座的單邊空位，對面坐著一個年輕人。年輕人邊吃邊看書，有時又抬起頭來，視線落在茶餐廳角落的一部電視屏幕。麥快樂叫了一客不是來自揚州的揚州炒飯。阿果喝鴛鴦，麥快樂喝絲襪奶茶。

兩個陌生人，進餐時沒有交談。期間，阿果打了一個噴嚏，咳嗽了數聲。他用餐紙掩著自己的口鼻。但茶餐廳的餐紙很薄。所以，回到家中，麥快樂也打了一個噴嚏，咳嗽了數聲。他暗嘆倒楣，中招了。他不希望身體發病，因為病要看醫生，看醫生要錢。他最缺的就是錢。

第二次他們擦肩而過，在半年前，麥快樂找到一份臨時工，替某間公司做街頭問卷。街道成了很多人上班的地點，麥快樂與派傳單的人、街頭賣藝人、三明治人、小販、拾荒者、專業行乞者混在一起，每日吸入數以噸計的灰塵，聽著震耳欲聾的噪音。他不明白問卷做來幹啥，他只知道要滿足公司的配額，不然就要執包袱走了。對於這份臨時工，麥快樂不喜歡也不厭惡，分神的時候他喜歡看大廈建築、看廣告招牌、看城市的拆拆建建、看人生百態，街頭是最精采的流動風景，他逐漸也習慣了噪音，將打樁機聲、車聲、影音聲、人聲當成城市的背景音樂。但也因為分神得多，他每週做到的問卷數量總不及要求。事實上也難怪他，很多途人遠遠看到像他這身打扮的問卷人，就走「之」字步繞過他們，或者避免與他們有眼神接觸。

對於被拒絕的滋味，麥快樂深有體會。迎面而來有那麼多疲累的面孔、冷漠的面孔、憂心忡忡的面孔、靈魂出竅的面孔，透過大廈玻璃幕牆相互映照著又扭曲成一塊，麥快樂愈來愈練就出認人的本領，他可以從路人的面容、步姿，分辨出哪些人還肯停下腳步，還殘餘一點同情心，願意接過公公婆婆手上的一張傳單，或者答答他一、兩分鐘的問題。

足足三小時，麥快樂做不成一份問卷。終於，一個年輕人步過，沒有避開傳單的手，這人有一張好奇、善良的面孔，走起路來彈下彈下可能是氣墊球鞋的緣故。「我可以阻你一分鐘嗎？」那個年輕人，竟然答：「可以。」於是，兩個年輕人交談了一會兒。麥快樂不知道那人就是把感冒菌傳給自己的那個年輕人。

不過，阿果的問卷救不了麥快樂。倒不是麥快樂工作懶散，而是未幾，i城來了一種比感冒菌可怕百倍的特別行政區非典型病毒，又名沙士（沙士又不是有泡的沙示）。平日車水馬龍的街頭忽然空蕩蕩起來，人們都戴上口罩，問卷，是沒可能做的了。麥快樂心想，也好，我不喜歡問一些我不知道意義的問題。他也戴上口罩，沉默了。

這段日子，如果有人在你面前打噴嚏，那就大件事了。最可怕的東西叫飛沫。最可怕的地方叫8A病房。最可怕的屋苑叫淘汰花園。最搶手的東西有口罩、白醋、板藍根、火酒、1：99。人人返回幼稚園學洗手。洗手原來並不簡單。要洗手心手背手指頭手指罅手指甲。千祈，千祈，千祈，洗手，洗手，洗手。

第三次擦肩而過，就在五十萬人集體上街當天。麥快樂忽然非常厭倦永遠排在隊尾，他加快腳步，來到了一處叫天樂里的地方。他趕上了阿果。麥快樂覺得這個年輕人很面熟，一定在什麼地方見過他。麥快樂很喜歡天樂里這個名字，這個名字與他自己的名字很搭配，又令他想到天堂（天堂又不是購物天堂）。而在熾熱的氣氛中，平日人們之間豎起的箭豬刺也倒下了，麥快樂見阿果拍照拍得高興，就撩他說話。麥快樂說：「我來是要反失業反貧窮反削資。」阿果說：「我來是要挺言論自由挺結社自由挺新聞自由。」在五十萬人海中竟然可以相交一點相會一刻，麥快樂與阿果，一定是有點緣分了。

五

同學，今天，我們的研討會題目是：手提電話的文化意義。這是一個研討會，所以，請同學踴躍發言。為免過多靜默，我再次提醒同學，課堂討論在整體分數中是占相當比重的。

在i城，我們說「手提電話」，我們的廣大同胞則叫「流動電話」。同一東西兩個稱號，也算是「一國兩制」的體現。我認為「流動電話」這名稱更能凸顯現代人的流動性。我們還叫手提電話做手機。如此一來，手機就好像一部握在手中的微型機器，不僅是一個電話了。同學，如果我問：手機是什麼東西？請在座同學每人給出一個答案。我首先給同學一個答案：手機是一部在課室裡、音樂廳裡、電影院裡的騷擾機器。為免影響討論，首先請同學把電話鈴聲關閉。為免同學騰騰震，最好連「震機」功能也關掉。

同學A：手機是一部沒有線的電話。

同學B：手機是一部有輻射的電話。
同學C：手機是一部經科技改良了的Walkie Talkie。
同學D：手機是一部國際漫遊機器。
同學E：手機是一件潮爆商品。你G3咗未？
同學F：手機是一部多功能機器，除電話外，還有收音機、計算機、鬧鐘、攝影機、短片攝錄、WAP。
同學G：手機是一個音樂盒，可以下載不同鈴聲。本週「十大手機歌曲排行榜」是……
同學H：手機是一個消費情報站，每日都收到很多Plug歌、電影、潮流資訊。
同學I：手機是一部偷窺器。新聞說有人以手機偷拍女子的裙底春光。
同學J：手機是一部監察器，不知大家有沒有看國產片《手機》？
同學K：手機是一部定位追蹤器，不知大家有沒有看土產片《無間道3》？
同學L：手機是一部求救器，不知大家有沒有看來佬片《駁命來電》？
同學M：手機是一部投票時證明你投了那個候選人的作弊機器。
同學N：手機是一部可以不用手提，令街頭出現很多口擘擘狂人日記的機器。
同學O：手機是一部申冤器，手機讓不見天日的校園暴力案得以曝光。

同學P：手機是一部你沒有了就生存不了的機器，大家有沒有聽陳奕迅唱的《沒有手機的日子》？

同學Q：手機是一部欲望機器，廣告經常將女性情色與手機聯想一起。

同學R：手機是一部傳真機，傳真你的聲線，還傳真你的樣子，大家以後講電話不是貼著耳朵，而是對著照，姿勢如照鏡一樣。我們不僅「講電話」，還「睇電話」。

同學S：手機是令年輕人拇指異常發達的機器，SMS催生了「大拇指一代」，也催生了「短訊作家」。

同學T：手機是一部社會運動機器，在遊行示威請願集會中發揮了強大的召集功能。

同學U：手機是時尚服裝，可以襯托不同牆紙，換上不同外殼，掛上不同的電話繩，好比我們女孩子的頭飾。

同學V：手機是破壞分子最新入侵的領域，有駭客在手機傳播病毒。

同學W：手機是謊言和廢話生產器。是Sound of Silence。

同學X：手機是一部愈縮愈小的機器，由以前的大哥大水壺到未來的植入人體。

同學Y：手機是消滅思念的機器。一切都太容易了。

同學Z：手機是一部剝奪了你保持緘默，和在世界暫時消失的自由的機器。

一輪討論完畢，講師很滿意同學的熱烈討論。只要以同學切身生活為話題（投其所好），再加以分數鼓勵（甜頭），同學還是樂於發言的。i城一向盛產填鴨，以後希望多產活雞。活雞要服「創意思考」藥，要打「通識教育」針。

阿果是A至Z的其中一個。阿果讀的是新媒體傳播學。手提電話就是一種新傳播工具。之前的課堂，他們還討論過萬維網、人民電台、網絡社區、電子民主、數碼記憶、互動錄影等課題。回應二十一世紀，他們必須學習思考新媒體傳播的意義。

「Cut！」

「Well done。這部片拍得很好。同學具批判性，老師像棟篤笑。可以拿出去宣傳我們的新學系。謝謝各位。Xiè xiè gè wèi。Thank you all。」公關部導演說。

六

「手機剝奪了我在世界暫時消失的自由。」這句話其實是出自悠悠的。悠悠是阿果的女朋友。悠悠一直拒絕用手提電話，阿果很多時找不著她。阿果說：「現今是科技年代了。」「現今是通訊世紀了。」

悠悠這個性格女子做事有她的一套。悠悠對阿果說：

「總有人不是與世界同步的。我應該有自由，永遠與世界保持一點距離。」

「所有人有的東西，我不喜歡有。」

「保持一點距離不好嗎？有距離才有親密，要是我永遠online，天涯不過是咫尺。到時你還會思念我嗎？有了短訊有了手提電話，你還會給我寫情書嗎？」

「我不想給一個隨機號碼代表我。我已經有太多這樣的號碼了。」

「我不想成為love-on-demand的data。」

「手機剝奪了我在世界暫時消失的自由。」

悠悠喜歡筆。悠悠喜歡紙的質感。悠悠喜歡看阿果的字跡。悠悠喜歡念詩。悠悠喜歡看小說和藝術電影。像悠悠這樣的一個女子，阿果是沒話好說的，既然悠悠是悠悠，既然悠悠是一個浪漫女子，既然悠悠是一個文藝少女，那我就唯有整個地接受她，包括悠悠的偏執。

但阿果也有受不了的時候。尤其當悠悠忘我於寫她的小說的時候。最近悠悠說要寫一個關於城市的小說。創作的時候，悠悠會突然消失，當她突然又出現時，便有一疊字紙，上面繡上了她歪歪斜斜的文字。有時悠悠也會找阿果做腦震盪。

悠：我要寫一個關於我成長的城市小說。

果：對於這個城市，你是愛還是恨呢？

悠：愛恨交纏。沒有愛就不會恨了。

果：嗯，那你會怎樣寫這個又愛又恨的城市呢？

悠：用「不很好」的方式胡說。我城患了感冒。

果：是普通感冒？還是流感呢？

悠：也許是致命的禽流感。

果：那不是很灰嗎？

悠：我只是說，也許。我城也只是我眼中的城，不同於你的。我隨我的感覺寫，隨我的思緒寫，我不求公允，我以我心中的尺子量度。那把尺叫悠悠的尺。

果：那是一把怎樣的尺？是直尺？曲尺？三角尺？

悠：嗯，那是一把變形尺。今天直明天彎。今天上升明天下沉。今天快樂明天悲傷。今天忘我明天自我。今天愛明天恨。今天實明天虛。今天陽光明天下雨。

今天完整明天破碎。今天盈明天虧。今天是明天，明天是今天。

果：怎麼可能呢？盈月後怎會一下子變虧月呢？這不合乎自然法則。

悠：阿果……（悠悠的心一下子沉落了）

悠悠的「浮沉之城」

火車衝破壁爐，時間，終究是不能凝固的。我們用肉眼觀看世界，看到藍天與白雲，以為是明媚春光，原來是謬誤之鏡。據說許多許多年以前，晴朗的一日白晝，眾目睽睽，浮城忽然像氫氣球那樣，懸在半空中了。頭髮花白的玫瑰阿娥說，這時天空中布滿電光，海面大砲轟個不停，浮城就從雲層中墜跌下來，懸在空中。許多許多年過去了，浮城長出民膏，變得胖嘟嘟的，所以又有人叫她肥土鎮了。許多年又過去了，玫瑰阿娥隨與隆士多、福昇

辨館、榮發故衣店、好運茶樓，踩著蓮花步滑往極樂世界去了。

人們以為浮城一直可以奇蹟般地對抗地心吸力。但奇蹟顯然不是永遠。從某個時候開始，浮城不住的向下沉，像氫氣球破了一個小孔，起初不為人所察覺，除了隱隱嗅到愈發濃烈的海水味，並不覺海水之將至，還以為是水位上升。浮城一點一點下沉，浮城人企圖以集體念力承托著它。集體念力，又名意志和信心。但意志和信心不是無堅不摧的。或者終有一日，浮城從半空中掉下來，由庇里牛斯山脈的城堡，變成看不見的城市。太平山石龜每年爬高一寸，浮城每年沉降一分，或者石龜到達山頂，就是浮城著陸之時，玄學大師預言。浮在半空中生活並不容易，但習慣空中踩鋼線的人，一旦著陸，就懼怕了。提線木偶的線從地面倒生出來，如根。回歸大地，生根了的浮城還是浮城嗎？人們也許還這樣稱呼她，因為，名字一旦習慣化了，就有無比強韌的壽命，超出了事物本身。

七

年二十八，洗邋遢。阿髮也響應母親秀秀，來一次大掃除。

阿髮探身進電腦空間，也搖搖頭說，太混亂了。阿髮先打開自己的電子信箱，噢，太多垃圾郵件了。她逐一撿出，結果給她撿出六百多件垃圾，她把它們掃到郵箱垃圾罐，然後，按一按滑鼠，全倒進回收桶去了。跟著，她發現硬碟內有很多不明來歷、沒有用途的臨時檔案，也有些七零八落、無家可歸的檔案，不明來歷和沒用途的，她一一拋進回收桶，無家可歸的，她就把它們放進屬於它們的資料夾。

跟著，阿髮要清理網頁曲奇，英文叫Cookies（曲奇又不是農曆新年母親秀秀買的藍罐曲奇），專門紀綠平日在網頁「印印腳」留下的痕跡。阿髮將這些曲奇一一找出，壓成曲奇餅碎，然後又倒進回收桶不見了。

跟著，阿髮又發現硬碟內有很多過了期的、沒有用的程式，她也一一移除。打開一張硬碟資料記憶圖，左一塊右一堆，好像一幅碎裂的拼圖。「唉，這個硬碟比我母秀秀的瓷碟更難清洗。」她覺得也應該執拾一番，讓失落的拼塊重新歸位，於是她啟動了記憶重組鍵。這個過程需要一點時間。她等著的時候，聽到母親秀秀在客廳邊清潔家居邊播放著七〇年代電視劇主題曲，嗯，不錯，執拾屋企應該有音樂伴奏，於是阿髮也拿出MD機，播起豨孖妹的音樂。

知否世事常變　陶瓷上的睡蓮
變幻原是永恆　提琴下的纏綿
此中波浪起跌　和奇勒基寶接吻至夠經典
當然有幸有不幸　原來又幾十年
不必怨世事變　情迷舊片
變幻才是永恆　顛倒我媽媽的童年
經得風浪起跌　怎麼我都
必將惡運變好運　被劇情逐秒感染

一輪工夫，竟也做得阿髮喘起氣來，好像真是體力勞動一樣。阿髮覺得自己好像一個瘦身專家，為電腦減去了二十八克脂肪，相等於二十五萬兩千卡路里。最後當然還有一個動作，就是將垃圾打包，將回收桶內所有廢物拋掉，回收到沒形體的虛擬空間，還原為無數的0和1飄浮於廣闊無邊的電腦母體。

阿髮的大掃除做得很有意思。但對於客廳內亂七八糟的東西，她則懶得去碰，事實上，平時洗碗掃地的工作也不用她操心。廚房是母親秀秀的範圍。離開了房間，就不是阿髮的範圍，自然不用說大廈走廊是否有老鼠、電梯是否有蟑螂、天台是否有蔥頭或辣椒。即使有，阿髮也不會知道，天台不屬於她，天台永遠關上一把大鎖，閒人免進，阿髮只在電影中看過天台，一個人舉槍指著另一個人的額頭，並說：「我係差人。」阿髮每天也洗掉手機內堆積過多的短訊。她負責她的虛擬垃圾，母親秀秀負責她的實體垃圾，各司其職，各就各位。每次看到電腦硬碟進行記憶重組，阿髮也會想，如果人的記憶可以這麼容易重組就好了，那她就不用時常忘記東西，那腦筋就一定更靈光、考試分數一定更高了。可以將傷心洗去、將快樂留低。阿髮不知道，就在她想著的當兒，無花果陷在回憶的深淵之中。

母親秀秀雖然不懂玩電腦，但她也有表現自己與時並進的方法。農曆新年，應該買椰汁年糕、黃糖椰汁年糕、黃糖椰汁芝麻年糕、椰汁松子合桃年糕、椰汁紅棗燕窩年糕，還是椰汁金箔玫瑰年糕？

讓思考花在這些生活細節上，秀秀覺得日子比較容易過。秀秀去年提早退休。思前想後很長日子。她聽到太多驚心動魄的故事。親戚荷花在大機構工作了二十年，鞠躬盡瘁，已升到中層主管了，話炒便炒，一天辦公桌上失驚無神放了一個大信封，連紙皮盒都為她預備好了，當日即走。鄰居蓮藕上班上到患了焦慮症，晚晚失眠，失驚無神心跳加速流冷汗，最後自己把自己辭退了。朋友蘭花加班三餐不定，失驚無神胃抽搐，給胃子照鏡子，才知道穿了窿。秀秀公司比較有良心，大半年前推出「肥雞餐」，讓一些較資深的員工自動流失，秀秀打打算盤，阿果出身了，退休金加特別補償金，不太奢侈的話，也夠過日子了。

吃了「肥雞餐」後，秀秀把家中的鐘點菲傭辭退，把家庭主婦當成一份新工作，將腦力花在活雞與冰鮮雞、清遠雞與貴妃雞、豉油雞與鹽焗雞、蔥油雞與炸子雞之間，竟也發覺了不少新趣味。

買飲品她會買蘆薈汁雞骨草夏桑菊柚子蜜低脂無糖芝麻豆漿麥精豆漿，當然少不了阿髮喜歡的汽水，正宗可樂外還有雲呢拿可樂免咖啡因可樂青檸可樂。買薯片會買香辣味燒烤味紫菜味黑椒味韓國泡菜味香芥沙律味。吃甜品會試杏仁味豆腐花芒果味豆腐花綠茶味豆腐花原味薑汁撞奶阿華田薑汁撞奶杏仁薑汁撞奶。月餅除了單黃雙黃三黃之外，還會買雞油蛋王朱古力五仁果子紫芋黑芝麻豆沙奶黃金華火腿雲呢拿冰皮士多啤利冰皮。旋轉木馬道1號梅麗大廈十八樓C座成了一間頂級超市。

阿髮也服了母親秀秀。「那麼多選擇，看來我要輸入database了。」

「輸入你的口就夠了。阿髮喜歡什麼？」

「太多選擇，阿髮頭痛了。」

「那就每天試一款式，直到會考完畢，包你沒一天重複。」

「母親秀秀，你一提會考，阿髮就食慾不振了。」

「阿果，我買了薑汁撞奶，原味，阿華田味，西瓜味，朱古力味，你喜歡哪種口味？」

阿果想了一想，不懂作答。「求其吧。」

八

一群大學生在大學飯堂內，談起畢業後的打算。大學飯堂，他們叫Can的地方。

「我想到歐洲流浪，回來再想，機會難逢，一生人一次。」旅遊學會會長說。

「流浪這麼辛苦，我淨係想繼續頹、hea下先。」頹廢學會會長說。

「咁又係呀，依家僧多粥少，塘水滾塘魚，大學生隨街都係，出來咪又係做蛋散！」騎呢學會會長和應道。

「唔好咁削啦！祖國好，i城好，背靠大陸，我哋可以北上發展，上面唔止係漁塘，簡直是一片汪洋。」國是學會會長說。

阿果，默默地坐在一旁。他沒錢流浪，又不想頹廢，對祖國陌生，想做點事但又感覺無力。他不是任何學會會長而只是阿果一個。因此，他選擇了緘默。吹過水後，眾人散band，大家說：「電聯啦。」「電聯啦。」阿果把手提電話駁去了留言信箱。獨個兒走進圖書館，他們叫「拉把」的地方。有些時刻，阿果覺得，被書本簇擁，比被人群包圍，感覺更踏實些。

* * *

我讀的是新媒體傳播學，隸屬新聞及傳播學院。三年前我懷著理想來，三年後我帶著矛盾走。

有入了雜誌社的師兄說：「唉，沒想到，出來做狗仔隊。」有入了電視台的師姊說：「唉，樣子靚的，一年就做女主播了。學系應該忠告女生：『豬扒』不好報讀。」這個師妹人很聰明，但不美麗。有入了禁果報當年考獲一級榮譽的尖子，被發現做「假新聞」，全城指摘，一下子，傑出學長成了學系的負資產。

經過報攤，我看到很多陳露乳李雙峰張突籮何三點黃四仔，做為未來新聞從業員，我也感到汗顏。死人塌樓煽風點火幸災樂禍偷窺成癖似乎是新聞從業員的強項。無冕天使的光環暗啞了，i城人對攝影機鏡頭患上了恐慌症。

週刊的封面彩照搶眼
敘述最新的荒誕笑話
中間添加幾多設計的對白

新聞的畫面不夠驚嚇
病毒與饑荒　股市　戰爭
卡拉OK聲掩蓋了空氣吧……

現在我與一班大學同學正在加州橙盒子內唱K。加州橙沒有加州的感覺；加州有大把大把的陽光，盒子內有大片大片的黑暗。我其實並不特別喜歡唱K，但同學都愛鎖在盒子內，多於到戶外曬太陽，我也唯有投其所好。

我其實也不是太投其所好的人，只是畢業已兩個月了，仍沒找到工作，閒著無聊，就跟同學出來wet wet。在投其所好之中，我也有自己的選擇，譬如我選唱了陳奕迅的〈謊言〉。

纖體修身的廣告轟炸

命運與風水幫你轉彎
只需講一聲　相信者得救吧

天天反口都不算欺詐
昨日有多少估計偏差
今天所講的　請你再相信吧

這首歌唱出了我心中的疑慮。我很想同學聽到。但他們似乎沒有感覺。抽菸的繼續抽菸。發呆的繼續發呆。猜拳的繼續猜拳。K歌之王繼續展現歌喉。同學顯然沒有將歌詞聽進耳裡。我於是說：「我們都是讀傳播學的，應該留意這首歌的歌詞。」

阿傻說：「吓！駛唔駛咁serious呀，唱K啫！」

阿探說：「駛唔駛咁灰呀，阿果！」

阿郵說：「你話我too simple，sometimes naïve也好，naïve有naïve好，不用想太多，自尋煩惱，個人怎可以改變整個社會？」

幸好阿果還有知音。阿遊說：「阿果，我撐你。我回贈你一首歌，一樣是控訴傳媒的，Sammy的〈插曲〉。」

如果滿足　如可滿足　如若要摧毀我眉目
而我極痛　而你未痛　但實際只當是節目
如果我哭　如真要哭　難道要開口說屈服
純粹動作　未料有風　是否因此拚命歪曲
I wanna fly! I wanna cry!
愈去隱藏　愈要破壞
如我愉快　完美狀態
才令你存敵意破壞……

阿遊本是出於真心的。但當唱到副歌時，眾入鬧哄哄地加入合唱，還喜形於色，唱到「I wanna fly!」時，阿妍拍拍雙手扮飛，唱到「I wanna cry!」時，阿桐擦擦眼睛扮哭，合拍得天衣無縫，唱罷大家還來個「Give me five!」本來的認真化作一支嬉笑插曲。阿果終於明白，像加州橙這樣的盒子，是容不下嚴肅與沉重的。

這個時候，阿果加倍的思念起悠悠來。

九

——悠悠，你的太陽眼鏡太深色了，不健康。

——我最近怕光。

——但現在已經黃昏了。

——黃昏才最害怕。

——悠悠，黃昏都過去了。夜色漸近。

——但天還是這麼光，感覺刺眼。

——是，那麼光的夜。難怪這個城市叫不夜天。

——這個城市其實並不知道，真正的黑夜。

——悠悠，霓虹燈都熄滅了。可以摘下墨鏡了。

——不，我的眼睛腫了。

——最近睡得不好嗎？

——不，我只是哭多了。

——但，悠悠，你的眼睛是最美麗的。

——但，我的眼睫毛太長了。

——捲長的眼睫毛最美。

——但我的眼睫毛把我的眼睛刮傷了。

——悠悠，你的太陽眼鏡太深色了，不健康。

——我想關窗。

——窗已經關得緊閉了。

——我說的是，靈魂之窗。

悠悠的「眼睛之城」

這個城市是一座最自由的環形監獄。一九八四的大哥大靜默監視，他說：「你看你的，我看我的，河水不犯井水。」雖然，你的一舉一動，大哥大還是看得清清楚楚。

菲傭被控虐待幼童。雇主透過接駁至家中的Webcam得知。菲傭雇主回到辦公室是雇員。雇員被發信警告工作懶散。公司一個月內截下他發出與工作無關的八十個電郵，平均一日三封，還有公司內偷拍員工的錄像，證明他上班時間經常打盹。剃人頭者，人亦剃其頭。他成了《摩登時代》中的查理卓別林。

大學生宿舍發現偷窺攝錄機。時裝店換衣間隔牆有眼。女子偷情片段成了另一個城市的色情網站小電影，供收費下載。女子害怕了所有眼睛。總覺得有人

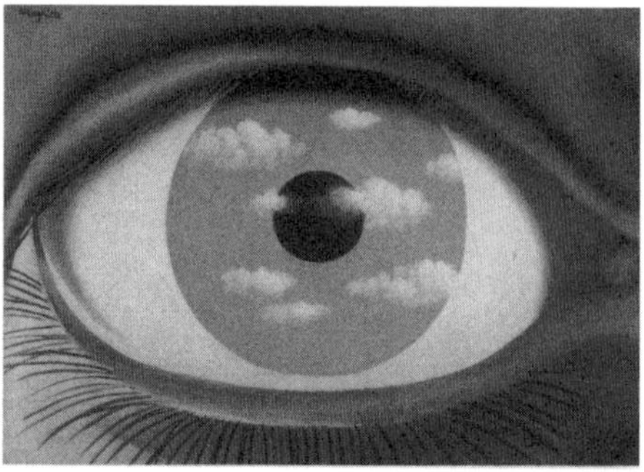

在看自己。天橋上的眼睛。電梯內的閉路電視。女廁內的偷窺器。Winnie the Pooh公仔眼睛內的針孔攝錄機。手提電話。平板電腦。全都有一對電子眼睛。女子患了眼睛恐慌症。

狗仔隊跟蹤名人。真人騷做全天候電視節目直播。真人做愛真人產子真人如廁。最私密最猥瑣的。娛樂至上，過把癮便死。日月金木水火土，斜點交叉中橫鈎，看—瞟—瞪—瞥—瞧—盯—眼。

十

自從爺爺阿北離世後，嫲嫲阿娥就愈發衰老了。麥快樂細細地端詳坐在藤椅上閉目養神的嫲嫲。到底經歷了多少風吹身軀才會枯萎得如此乾癟？又經歷了多少雨打皺紋才會侵蝕得如此深刻？

七年前，嫲嫲還不是這樣子的。嫲嫲喜歡晨運。嫲嫲喜歡晨運後啖早茶。嫲嫲喜歡跟爺爺叫一盅兩件。後來那間舊式茶樓失驚無神關門大吉。嫲嫲為此失落了好一陣子。後來爺爺阿北失驚無神生了個腦腫瘤。嫲嫲為此失落了很長日子。後來嫲嫲阿娥失驚無神踏樓梯時失足。失足後人就大不如前了。

那間茶樓叫好運茶樓。好運不知是否隨好運茶樓一起走了。

都怪我家住的是唐樓。唐樓沒有腸子隧道的長廊，沒有鐵籠貨櫃的電梯，只有龍骨魚腹的梯級。老人家每天踏著龍骨上上落落。嫲嫲說：「有什麼所謂？我副龍骨還中用。人家要付錢踏樓梯機呢！」

嫲嫲這副龍骨中用。但沒想到梯級那副龍骨給踐踏多了，而且日久失修，已經暗暗患了骨質疏鬆症。若不是嫲嫲不幸地踏在一塊剝落的樓梯骨片上，嫲嫲的龍骨就不會提早彎曲了。不過醫生說：「退化不是一朝一夕的，這也是自然的呀。」說的不知是樓梯還是嫲嫲。也許醫生是對的。侵蝕是長年累月的，機器的崩壞始於一顆最不起眼的螺絲的鬆脫。自然，嫲嫲也得不到任何意外賠償。

樓梯機是嫲嫲對現世世界最後認識的新東西。自從失足後，嫲嫲的世界就不住向後回捲。忘了很多，又記起很多。尤其在藤椅上搖得久了，搖呀搖彷彿就搖到了太初混沌的時分。

「嫲嫲，我不在家時，你有事就致電我，我將我的電話號碼貼在你的茶几上。」

「哎呀！阿樂，電話號碼怎會八個數字呀？你猜我不懂，想扔掉我？我記得，你的電話是五五五五　一二三嘛。香港人五，九龍人三，新界人一二，離島人，離島人，是什麼呢。……哎，很久沒有抽三個五香菸了。」

「嫲嫲，你說什麼呀？」

「颱大風呀，阿樂，快拿膠布封窗呀。溫黛打來了。露絲打來了。還不到士多買罐頭，遲些就關門了。打來了，打來了……」

「嫲嫲，現在有高樓大廈做屏障，早把颱風擋走了，便利店全天候開門，沒有什麼好怕的。」

「阿樂，與其天天賴在家中，不如去學門手藝啦。你阿爺年輕時也是學徒出身。去做木工，可以做門，或者做家私。阿北做的門最好。」

「嫲嫲，現在已經沒木工學了。做家私都北上了。做好了才運過來的。」

「是嗎？但我總嗅到，木屑的香氣，久久不能飄散。」

十一

阿髮的RAM不支負荷。怎樣也是64M。只要關機睡了一覺，所有臨時記憶又reformat，打回原形。所以，最近阿髮有點害怕睡覺。總想在睡眠前趕緊將RAM的記憶掃入永久記憶。但阿髮的永久記憶容量也不夠大，只有10G。本來也可以裝很多東西，但偏偏硬塞的塞不進來，無意的又儲存下來，譬如豬孖妹的《戀愛大過天》、《眼紅紅》。現在我未成年讓我膚淺。

濫書濫得memory overflow。Battery low。頭痛。母親秀秀提神的方法是喝濃郁咖啡。阿髮不喜歡喝咖啡，咖啡因一進入大腦ＣＰＵ，就眼光光不能關機。效能低的時候，阿髮會上ＩＣＱ聊天室，看看有什麼夜貓子同學仍然在線，通常她會碰到一些友好，即使孤單也有人相伴。

偏僻的小街上，電車的鈴聲遠了。我們聽見殼拓殼拓的木頭車搖過。街道的角落，隨意堆放著層疊的空簍和廢棄的紙盒，牆邊靠著擔挑和繩，偶然有一輛人力車泊在行人道上打盹。在這些街道上，肩上搭著布條的苦力蹲著進食，穿圍裙的婦人在捲菸，果攤上撐著雨傘，一名和尚提著一束白菜走過。

街道是狹窄的，道路烏黑而且潮濕。道旁的建築物顯示出年代的風霜，在樓板和泥牆之間，古老的傳統在逐漸消失。是電梯的發明，使這些房子提早老去。

阿髮正在讀中學會考語文課本，一個叫西西的作家寫的〈店鋪〉。老師說西西原名張彥，因為喜歡跳飛機，就把筆名改作西西。阿髮不明白跳飛機和西西的關係。她沒有跳過飛機，飛機倒搭過兩次。一次跟母親秀秀到東京迪士尼樂園，一次參加學校辦的神州交流團。母親本來不贊成，第一次，母親秀秀說，遲些我們也有迪士尼了，何必老遠飛去。但阿髮總有方法叫母親秀秀心軟。「好吧，就替你申請ＢＮＯ。」「媽媽，不是特區護照嗎？」第二次，母親秀秀說，大陸什麼都假，假髮菜假粉絲假魚翅假蝦米假豉油假浙醋，吃三天就吃壞肚子了。但阿髮總有方法叫母親秀秀心軟。「好吧，就替你申請回鄉證。」「媽媽，不是回鄉卡嗎？」

課文的文字阿髮認識得七七八八，但她無法想像擔挑、人力車、苦力、捲菸構成的街道畫面。她隱約知道這些是舊東西。這篇課文應該配上一些老照片，她想。

想像力一旦啟動了，便無法控制軌跡。窗外街燈映照，阿髮忽然想看窗。於是，她打開視窗，在瀏覽器上輸入地址，耷耷耷……，由課文的店鋪轉入虛擬的網站，又散落一桌面曲奇。網絡也會「此路不通」的，阿果為阿髮安裝了網上過濾器，好比母親秀秀廚房水龍頭的濾水器，將無益的雜質濾掉。

這個時候，有人敲窗。ＩＣＱ視窗閃閃發亮。

qwerty: no sleep?

hair: no ah, open night car. why u no sleep 2 ar?

qwerty: playing game

hair: what game?

qwerty: Kill Bill

hair: exciting?

qwerty: sure, 玩到思覺失調。u play game?

hair: not really. i only like SimCity

qwerty: SimCity? take long hours ah. I like fight

hair: I like think

qwerty: if think too much, no sleep

hair: yes, u r right. if talk too much, also no sleep

qwerty: oh, goodnight then

hair: goodnight

qwerty: bb

hair: bb

最近，阿髮臨睡前，都會與qwerty道晚安。晚夜十一時後如果家中電話鈴聲響起，如果電話另一邊是男孩子聲音，如果男孩子是找阿髮的話，母親秀秀便會發脾氣。所以，只能靜靜地ＩＣＱ或者ＱＱ。也不多話，只是聊聊數語。心頭卻有鹿兒碰撞。阿髮不知道這是否就是戀愛感覺。但母親秀秀下了密令：會考為重，嚴禁拍拖。而阿髮隱隱也覺得，qwerty與她好像蘋果與ＩＢＭ，互不兼容。譬如說，qwerty喜歡暴力遊戲，阿髮喜歡智力遊戲。qwerty不過是flash memory，一閃即逝。阿髮也緊張自己成績，她也覺得，自己的心，是沒有space再partition出來的了。

想著想著，阿髮覺得自己hang機了。頭一伏在枕頭上，周公的手就來撫摸額頭。迷糊中qwerty的樣子變成了screen saver，固定了又移動著。

十二

悠：我家外有很多雀鳥盤旋。有點怕。

果：你家外一向也有很多白鴿飛翔。白鴿是和平的象徵。不用怕。

悠：但牠們不是白色的。

果：白鴿也有灰色的。

悠：但牠們不是灰色的，是黑色的。

果：那可能是喜鵲。喜鵲是幸運的象徵。也不用怕。

悠：但牠們是全黑的。不似喜鵲。牠們叫起來嘎嘎聲、嗚嗚聲、呱呱聲，很刺耳，很聒噪，很恐怖。

果：不會吧，烏鴉怎麼會飛到我們的城市。

悠：不是一隻，是一群，好像希治閣的《鳥》，成群俯衝下來。

果：不會是真的吧。新聞都沒有報導。

悠：一定要新聞報導你才相信嗎？我的話你就不相信？

果：不是，只是你一向愛胡思亂想。

悠：「信是所望之事的實底，是未見之事的確據。」你沒聽過這話嗎？

果：我其實並不是一個有信心的人。包括對你和我。

悠：阿果……（烏鴉在悠悠心內拍翼）

悠悠的「烏鴉之城」

在城市夜色璀璨的一幢商業大廈天台，今天發現了一個烏鴉巢。烏鴉巢內有十三隻烏鴉。烏鴉巢由大廈一個看更發現，很快就被商業大廈的管理部門清理掉。本來只是小事一樁，但不知怎地翌日出現在《月亮報》一個顯眼角落，報章也神通廣大，拍下了一幅烏鴉屍體照，放大了做特寫，煞是恐怖。但由於只是單一事件，局長說：「我們不評論個別事件。」事件沒得到廣泛的關注，不久烏鴉便沒入自己的黑色裡，無人記起了。

直至兩個星期後，烏鴉巢再在當區十幢樓宇出現，有的寄居在天台上，有的棲身於簷篷處，有的坐落在大型招牌上面，令很多本來已乏人注目的招牌重新獲得一點注視。烏鴉的大批出現，為這個人心惶惶的城市帶來不少震盪，坊間流傳一片負面議論：「烏鴉降城，凶兆也。」媒體報導得沸沸揚揚，一時間，烏類專家、文化觀察家、神話學家、藝術家、玄學家等傾巢而出發表高見。

烏類專家說：「烏鴉是絕頂聰明的烏類，有人類三歲的智商。烏鴉其實與人類有不少相似的地方。牠們喜歡聯群結黨。牠們喜歡霸地盤。牠們機靈狡猾。比較不同的是，牠們還是大家庭制度，小烏鴉不但會幫忙烏鴉媽媽撫養新生鳥，還幫助覓食，養家餬口，家庭合作性非常高。」

文化觀察家說：「烏鴉代表凶兆是由來已久的文化符號象徵，譬如舊約聖經記載的挪亞方舟故事。」

神話學家說：「烏鴉本來是通曉人話的。是阿波羅神奪去了烏鴉的說話能力。又將其羽毛由白變黑。」

藝術家說：「畫家梵谷自殺之前兩天，就畫下遺作『有烏鴉的麥田』。金黃色的麥田，陰鬱的藍天蓋頂，天地之間，不祥的烏鴉群飛亂舞。」

玄學家說：「烏鴉降城一定不是好兆頭。這不是個別事件。還要與禽流雞、小鱷女、白紋伊蚊、紅火蟻一起看，都是動物劫。殺生不是解劫的好辦法，我們已經殺得太多雞了，動物劫的降臨，不是一朝一夕。」

還是一個生態學家比較有見地：「大量烏鴉遷到都市和市郊地區，不僅是我城的現象，在其他城市如紐約、新加坡都出現這種情況。烏鴉過去主要聚居在鄉村，現在遷移到大商業區、城市公園、高爾夫球場和人口密集的地方，靠吃垃圾堆裡的食物殘渣過活。」

眾聲喧譁，市民紛紛打上電台烽煙節目回應。

「我們應該以烏鴉為榜樣，重振中國人的家庭價值觀。」

「是動物反撲，動物向人類報仇的時候。」

「是天譴我城。」

「是我城太過人口密集了。所以引來大群烏鴉棲居。」

「是我城衛生環境太惡劣，地面地下滿布垃圾堆，烏鴉不來才怪。」

「是我城太過豐衣足食了，每日製造源源不絕的食物殘渣，烏鴉不愁餓死。」

「贊成槍殺，不然就用炸藥，一九四〇年，美國伊利諾州資源保護部曾經用甘油炸藥引爆，一次過殺死三十二萬八千隻烏鴉。做事要狠。」

「好了，我城終於與新加坡看齊，又直追美國的紐約！」

名嘴郁人放大嗓門結案陳詞：「衛生署拋給漁農自然護理署，漁農自然護理署拋給食物環境保護署，食物環境保護署拋給屋宇署，屋宇署拋給渠務署，渠務署拋給規畫署。搞到政府新聞處口啞啞。烏鴉事件暴露了政府危機意識薄弱，互相卸膊，部門溝通不足，一而再再而三地議而不決、決而不行。建議由政務司司長馬上成立『烏鴉應變小組』，並成立獨立委員會徹查事件。」

十三

麥快樂終於找到工作了。他的工作地點在芒角行人徒步區，路邊一個流動電話速銷攤檔。麥快樂每日說得最多的一個詞彙是：plan。

喇，plan A，五百分鐘，兩百分鐘「心連心」。

喇，plan B，包晒飛線、留言信箱、祕書台成個套餐。

喇，plan C，一千兩百分鐘，任講唔嬲，唔怕「爆鐘」。

麥快樂好像與街頭特別有緣，原來，找一份坐下來的工作並不容易。一個最沒計畫的人每天不斷向人兜售計畫。幸好，他身邊有很多同道中人，寬頻、噏弗、保險、有線電視、信用卡宣傳攤檔，排成一列，很有一點左鄰右里的感覺。待得久了，sell屎們互相也認得對方了，有時會以「街坊」互相稱呼。不過，「街坊」有時也會突然消失的，可能自己執包袱又可能被辭退了，反正大家都是暫聘的。消失的「街坊」有時又會再現身街頭，變身普通街客，成為麥快樂尋找的對象。街頭湧擠著年輕人，染金毛的、穿滑板褲的、戴著iPod的，穿梭於兆萬商場與潮流特區之間。

麥快樂每天被色彩斑斕的招牌簇擁，被大大小小的屏幕包圍。麥快樂每天浸染於一大堆符號中。2G 3G GSM SMS MMS MP3 AAC TIF JPG LCD CRT VCD DVD HDTV DC DV DSLR DIY B2B B2C P2P BT FTP……。晚上回到家中洗澡，洗脫風塵也抖落一身符號。上班初期，他回到家中會頭痛，睡覺會做異夢。屏幕像細胞般不斷自我分裂，小至納米，大至覆蓋整面大廈外牆。

但時間一長（三個月），麥快樂便適應了，反而回到家中會覺得一片黑沉沉。街頭成了室內居所，廣告是牆紙，大屏幕是電視機，影音店是唱機，茶餐廳是書桌。他漸漸明白，人，其實是一頭習慣的動物。只要習慣了，沒有什麼是不可以的。好像芒角最近從天而降了一幢龐然巨物，集五星級酒店、甲級寫字樓和購物商場於一身，直插於老區的矮舊樓房中，起初人們也看不順眼，但漸漸就當成一種風景。這幢龐然巨物有一條長長的通天梯，直通天際，穹頂是一塊巨大的數碼天幕，不斷播放著彩虹、星星、雪花、藍天、白雲的人造自然。拖一頭八爪魚觸鬚金髮、藍眼睛、AB型血、能操六地語言、追求美麗與美味的CG混種美女代言人Nadia，身穿胸圍小底豎起食指散發無限誘惑向途人勾引。巨物外牆鑲嵌了厚實不漏的大石與輕盈透光的玻璃，兩者形成強烈反差，好一幅超現實主義的畫作。

阿果最近愛上了閒蕩街頭。沒事幹，不想憋在家中做攣公蝦米。但他心內知道，原因不只一個。街角成了他撿拾記憶碎片的場景。戀人的足印遍布一天一地。

「這間茶餐廳的凍奶茶最棒，不是加冰的，是放在雪櫃雪的。」

「范柳原和白流蘇，就在這間酒店成就了傾城之戀嗎？一個城市的傾覆，就為了成全一場戀愛？我要寫一個小說，叫〈傾戀之城〉，一場戀愛的傾覆，成全了一個城市。」

「你總是愛把事情倒轉想。」

「這條街有很多舊玩具賣，有你兒時玩的塑膠劍仔。」

「葡撻登陸香港了。我們去試試。」「嘩，很長人龍呀！」「嗯，都不錯。但還是我們的酥皮蛋撻好吃。」

「還記得當天結他的和弦，還明白每段旋律的伏線，當天街角流過你聲線，沿路旅程如歌褪變……」在涼風颯颯的海旁，在昏黃的街燈下，阿果記起悠悠的歌聲。

悠悠總有悠悠偏激的一面：「城市的名不符實，看看街名便知道了。戲院街沒有戲院。鵝頸橋沒有鵝頸，日街沒日，月街沒月，星街沒星，軍器廠街沒有軍器，筲箕灣沒有筲箕。」「是我們晚了出生吧，是我們沒細心考究吧，名字背後總有故事。」

偶爾也有佻皮的一面。他們把街名當成謎語猜。

「最規矩的街？」（愛秩序街）
「最博愛的街？」（愛群道）
「最親情的街？」（七姊妹道）
「最文人的街？」（文昌街）
「最開心的街？」（永樂街）
「最傷心的街？」（芬尼街）

「老地方見。」阿果一直找著他和悠悠相約的老地方。好像就在某個街角。然而，拐了一彎又一彎，老地方好像突然在世界上消隱了。是自己記憶出現問題？還是記憶不可憑藉，還是時刻改頭換面的城市街頭，本來就不是感情的長久依據？

阿果與悠悠其實已經分開了大半年。畢業以來，時間在前進，卻又在後退。同學都在籌算自己的未來，他卻在愛情記憶中回捲。阿果陷身於悠悠留下的小說和書信斷片，回捲到尾，就是七年前相識的一刻，最初也是盡頭。Alpha就是Omega。

阿果藏身於人群之中，是人群的一分子，但又與人群分割開來。他感官麻醉卻又異常清醒，像一個大麻吸食者。無所謂迷途，因為本來就沒有目的。阿果終於明白，他一直在逃避著什麼，為了擁有著什麼。街頭成了他沉鬱自省的空間。在一個大型櫥窗的鏡子面前，他照見了自己。

喇，plan E，八百分鐘，兩百分鐘「心連心」。

喇，plan F，無限分鐘。

喇，plan G，一千兩百分鐘，免費換新型機種，十個月內不得轉台。

阿果看到了麥快樂。他認得這個年輕人的面孔。別人眼中的一份卑微工作，這個年輕人還是十分賣力。他走近了流動電話速銷攤位。

「我認得你，我們談過話的。想換新機嗎？超優惠，一千兩百分鐘，免費換新機。」

「我的手機狠狠地跌跤幾次，遍體鱗傷，聲音都沙啞了。是時候換新機了。」

「這個plan十個月內不得轉台。」
「這是我聽過，最容易的諾言了。」

十四

悠悠的「口罩之城」

今晚無風，空氣翳悶。

風，不會繼續吹了。

（「風繼續吹，不肯遠離，心裡亦有淚希望留下望著你，過去多少，快樂記憶，何妨與你，一起去追……」）

無腳鳥墮地了。

墮地的不只他，在這段日子，還有很多人，有腳的，沒腳的。

從此，四月一日不是愚人節，是悼念日。

我戴著口罩，你戴著口罩。忽然才意識到，原來你與我，吸著同一樣的，混濁空氣。口罩是呼吸、空氣的陌生化。飛沫四濺，病毒四散。

你戴著口罩，我戴著口罩，忽然才意識到，自己好像戴上面具，行走江湖的俠士，穿梭於石屎森林的危牆鏡框之中。

面具不僅防止病毒，還防止我流露感情。我苦笑（嘴角向下），我嘆氣（嘴角對稱），我藐視（嘴角翹上），都無人察覺得到。口罩是我的墨鏡。

我低頭不語
游離分子（獨個兒，在街道上）
呼吸著
游離分子（千萬粒，在空氣中）

——太悲觀了。時間總會過。陰天之後是藍天。

——「無所謂的陰天和無所謂的藍天。」

——是誰的歌？哪首歌詞呢，我記不起來了。

——不錯，很多東西已記不起了。

——不可以輕省一點嗎？

——輕省，是我不懂得的。

——你的小說不連貫，全都是斷片。

——也許因為我的心已裂成斷片。

——風格每段都不同，會否不夠統一呢？

——一定要統一嗎？我就是喜歡不統一。精神分裂是這個時代的精神。

——悠悠，你今天吃了你的「百憂解」沒有？

——阿果，世上真有「百憂解」嗎？誰知我吃下的不是毒藥？

十五

阿髮終於進入考Mock Exam的日子了。阿髮不知道Mock字是什麼意思。拿電子辭典一查，咦，原來是嘲弄、嘲笑的意思。莫非這考試是考來嘲笑我們嗎？不對，不對，用作形容詞，可解作假的、假裝的意思。咦，莫非這考試是假的？不是真的，那就不用怕了。母親秀秀說：「你看東西總是看些不看些，Mock，又解作模擬，在正式會考前，你們要來一場模擬試，熱身熱身。」阿髮說：「那不就像我玩的 SimCity？為何不乾脆叫 SimExam 呢？那大家就容易明白了。」

雖說熱身，但一班同學還是緊張起來。平日喜歡玩 Kill Bill 的 qwerty，真的把比爾殺死，不玩了。Dreamweaver 也停止織夢了。緊張妹 Bobo 的口頭禪說得更多了：「不如一起燒炭好了。」Kidman 收起平日一臉孩子氣，還文謅謅起來：「成王敗寇，一戰定江山。」Rave 的頭搖得像搖頭娃娃，不是因為搖頭丸，而是因為，她發現不懂的東西太多了。Blog 這個班內萬人迷最近也停寫網絡日誌了，班內女 Fan 屎都無暇追看了。負離子不用電負離子了，她緊張的時候就抓頭，頭髮都結成蛇餅了。女高音每天都發出很多個 High C，哐啷哐啷玻璃震碎一地。眼鏡蛇近視急深了一百度，又要換眼鏡片了。歷史王翻查了過去十年的 pass paper，歷史王說：「那麼多過去，我都舉手稱降了。」阿髮不斷自我安慰：「是模擬罷了。是模擬罷了。」她內心卻清楚，此模擬不同彼模擬，這回真的是模擬真實了。同學的後勤支援其實也滿強大的。家長的雞精、燕窩、DHA、補腦湯水、神經緊張紓緩丸，還有私人老師、補習天王等。

豔紅的騰雞花開了一天一地，提醒你考試季節之臨近。班內一個叫羅湖的女孩的筆記成了搶手貨。這個同學有一個美麗的名字，她的出生地有一面澄明如鏡的湖，父母就賜了她這個名字。人如其名，沉靜如湖。同學最初不知道她的名字，喚她新移民。後來她自我介紹，同學都笑了。鐵路不停呼喊她的名字，不知她一天要打多少個噴嚏。哈哈哈。誰叫她姓羅呢，但姓氏名字又不是她可以選擇的。羅湖是一個勤奮學生，做筆記做得極仔細，班內沒有一個同學比得上。老師尤其喜歡她。阿髮與羅湖是好朋友，我矯正你的廣東話，你指教我的普通話。一言為定。一言為定。

阿髮這段日子經常做怪夢。她夢見一個神奇搜尋機器，你輸入什麼，搜尋器都有本事給出最理想的答案。她夢見一個納米記憶植入器，小如飯粒，插在後腦，記憶就源源不絕地輸到視網膜內。超真實也許是對抗真實的潛意識。有時對抗失敗了，逼真的夢境就來偷襲，阿髮夢見自己考試遲到了、去錯試場了、忘記在考試卷上寫考生編號、考試不夠時間作答、試題一條不懂全軍覆沒。從睡夢中驚醒過來，流了一額汗，模擬的夢境，比真實更真實。

十六

無花果，你當年也有做惡夢嗎？

無花果，你是過來人，怎麼不多扶持你的妹妹呢？

無花果，這個社會，做不成大學生，還有其他出路嗎？

無花果，怎麼那麼久沒見悠悠姊姊了？

無花果，怎麼你最近經常戴墨鏡？

無花果，母親秀秀咳了整整一個星期了，你知道嗎？

無花果，我已經不用塗改液了，不會破壞地球。因為，我已經學會了電腦打字。在電腦上改錯，不，是改正，不留痕跡，沒有人知道。老師不會再笑我了。或者老師可以說：「阿髮，你長大可以做一個魔術師了。」

無花果，是我不好嗎？我不應該胡亂給你改名字。

是誰說的，情若無花不結果。

十七

嫲嫲阿娥坐在搖椅上，搖呀搖搖到外婆橋，搖到生之初可能就是生命的盡頭。

你爺爺阿北游水游了三天三夜，踩得上岸就是i城人了。他一個兄弟給餵鯊魚了。

日本仔戰爭，呼呼呼，炸到來。

我們住在同一間屋，幾百呎地方十幾個板間房，阿北是我的鄰居，後來就行埋了。

阿北人很勤力，做木匠學徒，是大師兄，學足四年才滿師，最愛做門，手勢精細極了。有什麼用。師弟都發達了，開家私店，機器快好多。你阿爺死牛一面頸，做門當作藝術品，精雕細琢，擺著沒人賣。擔屎唔偷食。唉，最後還不是給淘汰，做門做到看門。做看更，一日返十二個小時，發呆時還老想著他的門。

阿北最近常來叫我呀。他一個人在那邊那麼久，都怕悶了。要我做伴。我又唔捨得你，乖孫。

爺爺神主牌紅光一閃。麥快樂打了一個寒噤。

我們來這裡，沒想過就此一世，候鳥南飛不折返。阿北北望神州，這樣說來，阿北不知道算不算客死異鄉。我無所謂，死在哪裡都一樣。

你阿爺都有浪漫的一面。他送我的定情信物是一個指南針，還寫上「它永恆指著的方向，就是我」。死了就把它燒給我，當陪葬品。

嫲嫲最近說爺爺阿北說得愈來愈多了，咿咿呀呀的吟著，翻來覆去。也許是思憶成狂。也許是一種預兆。嫲嫲的身體愈來愈單薄了，到最後，也許只剩下一件衣襟。一些事情正在發生，也必然會發生，如日出日落、潮漲潮退、春夏秋冬、月圓月缺。

十八

i城其實不是沒人買門的。只是不是阿北的手工藝品。i城有各式各樣的門。旋轉門、自動門、電梯門、地鐵幕門、列車車門。

連凱旋門都登陸i城了。奇怪，凱旋門都開分店嗎？不錯，世界有七座凱旋門——法國巴黎凱旋門、德國柏林凱旋門、義大利羅馬凱旋門、義大利米蘭凱旋門、朝鮮平壤凱旋門，還有義大利羅馬兩根分別紀念特拉亞諾皇帝遠征多瑙河和安東尼皇帝遠征不列顛獲勝的凱旋柱。

二十一世紀，要加上i城的第八座凱旋門，高兩百三十一米，比世界七座凱旋門任何一座還要高。凱旋，即勝利而歸，是以凱旋門都是紀念國王皇帝出征某場戰役，戰勝榮歸。i城，把凱旋門的意義根本地改變過來。i城沒有國王，沒有皇帝，大地產商是香港的拿破崙。凱旋門將房子建成「大宅門」、「至尊門」、「天際屋」三種等級，所有的門加起來是一個天文數字。繼凱旋門之後，不難想像，i城將出現所羅門皇宮、百樂門超級樂園、隨意門主題公園、芝麻開門購物大道，i城練就了武林祕笈「吸星大法」，將所有人家的精粹吸過來，混種接枝，化為己有。

一個作家說，浮城每年風季，城裡的人都會集體做夢，做一個相同的浮人的夢。作家沒有說清楚，這個夢就是「凱旋門」夢、「巴別塔」夢、「雙子塔」夢、「巨型天幕」夢，沒有天空是不可接觸的，夢境中浮人站在半空中，就是為了親吻鑲了鑽石的天際線。

古時城市都有城門。曾幾何時，也有城門，在一處叫「九龍寨城」三不管的地方，這裡有東正門、南門、北門、巽門、艮門、乾門。後來，一個鐵鎚子把整個寨城轟碎了，城門不再作防衛之用，變成出土文物的展覽品了。

世界愈來愈輕省了，我們已經不再需要，水塊磚泥的城門。

世界愈來愈輕省了。優質的木材當然是重要的，但阿北不明白，現代生活，輕便流動至上，以往重甸甸的柚木、鋼鐵等家具物料已經不合時宜，松板、蔗渣木、塑膠、纖維玻璃、輕金屬等取而代之。我們不要屹立不倒，我們要隨嵌隨拆。

所以麥快樂的爺爺阿北，是注定要被時代淘汰的。沒有人要他焙乾了木材、架著功夫凳，悉心慢刨的木門，沒有人會把他的門買來掛在牆上，或者放在地面當坐墊。四季交易會，原則是供與求，誰管夢的新舊。

阿北由做門人變成看門人。他看門的地點在旋轉木馬道1號梅麗大廈。阿北當看門人當得十分認真，每日巡樓時挨家挨戶細察動靜。他認得梅麗大廈裡所有的住客。他知道十八樓C座裡住著一個母親秀秀、男孩阿果和女孩阿髮，加起來就是一個「閤」字。他知道阿果有一個女友叫悠悠，有時會上阿果家，經常忘記大閘密碼；別的看門人會阻攔她，但阿北不會。把「閘」內那道「甲」打開，門就敞開了。阿北甚至隱隱看出，悠悠與阿果兩道心門之間，隨著年月暗暗被「亥」時潛入，關愛中存了隔「閡」。

阿北觀人如他做門般細緻入微。他看見的悠悠，總是皺眉頭，「一」字的眉頭擱在門內，緊緊「閂」著，彷彿封鎖著深深的悲哀。他看見的阿髮，一匹「馬」被活吞在門裡，奔奔亂跳，橫衝直「闖」，像上了發條般。他唯獨看不透阿果，一顆「心」關在門裡去，「悶」「悶」不樂是看得出的，然而又不像是本質，可能是一個過渡期，起碼他見過的阿果，曾經是開心的。這個果還很青澀吧，還未是摘的時候。一切有待變化。

開心，的確，阿北對自己孫子的寄望，也就是他活得開開心心。所以，他給孫子起一個名字，叫開心。嫲嫲阿娥覺得「心」字像女孩子名字，便說：「不如叫快樂吧。」阿北在梅麗大廈當看更也有七年了，麥快樂也探過爺爺好幾次班，麥快樂與阿果其實早就碰過面了，只是互不相識。

在這個城市居住，每個人都要找自己的門路。有的門大，有的門小。城門打碎了，前門面向國際都會，後門通向珠江三角洲。但並不表示i城可以自出自入。海關是現代城市的隱形城門，開啟城門的鎖匙，有各式各樣的護照，要佩戴的話，有些要你出示

「城籍」，有些要你出示「國籍」。羅湖橋成了最熱鬧的流動風光，有人南來，有人北上，有人說，這道門太繁忙了，應該像便利店的門一樣，二十四小時全天候無休。

旋轉門會否頭暈呢？自動門會否煩躁呢？鐵門會否寂寞呢？推的門你不要拉，拉的門你不要趟，趟的門你不要推，否則，門在眼前，你怎樣也過不去。

阿果，在旋轉門中兜圈了？悠悠，將向外推的門向內拉了？阿髮，你怎麼把趟門不斷推拉？每個人成長，都要跨越許多門檻。我們一起去看比利時超現實主義畫家馬格列特的門畫，有的門通向記憶的傷疤，有的門通向情感，有的門通向宿命，有的門通向勝利，有的門通向清晨，更多的門通向意想不到的答案。每道門都是生命的透視。「此路不通」的門未必不通，張開的門說不定是陷阱。

有的門成了神，如「門神」；有的門高貴，如「豪門」；有的門和平，如「太平門」；有的門不友善，如「此路不通」的門；有的門階級意識很重，如「門第」；有的門粗鄙，如門裡放了「小」、「九」的東西。每個人出生，都由一道窄門而來，可能是一條刀痕，可能是一個子宮。最後一道門，叫死亡，通向天堂，或者地獄，或者虛無。生與死的門，都由不得我們選擇。然而，中間層出不窮的門，我們得去選擇。

悠悠說：我終於明白了。從沒到過別的城市，是不可能明白自己的城市的。我要到巴黎、紐約、羅馬、北京、上海、東京、金邊……。我會把我的「悠悠的城」寫下去。

阿髮說：我終於跨過了會考這門檻了。都算盡了力，現在就等放榜了。網上有無盡的門還有待我去打開，有的門需要密碼鎖，更多的是門戶大開。裡頭有看不完的世界。

麥快樂說：「我從來不仰望，不讚頌凱旋門。那道高高的拱門下，有太多的鮮血。」

母親秀秀問：「原味，阿華田味，西瓜味，朱古力味，你喜歡哪種口味？」

阿果想了很久，終於下定主意：「原味。我還是喜歡，original flavor。」

悠悠說：「這個世界還有original嗎？」

阿果答：「有的，有的，我想還是有的。」

由戀愛至失戀，由大學至社會大學，也是一道不易跨越的門檻吧。

阿果說：我要踏實生活。我要進入人群。

顎顎。顎顎。

「Come in !」

阿果輕力地推開門，進入面試室。有的門，你必須要尊重它，開啟之前要給它打個招呼。

「請你自我介紹……」

「你認為新媒體的力量在於……」

「你怎樣看新世代呢？……」

我們都太習慣於自動門。芝麻開門終究是一個童話。很多門，還是要我們親自去叩的。「你們祈求，就給你們；尋找，就尋見；叩門，就給你們開門。」誰知道聖經說的是否真實。但肯定的是，麥快樂、悠悠、阿髮、阿果，你們打開一道道城市和人生交錯的門，迎向你們的，是意想不到的答案。

後記／

靜人活物・虛無湖鏡

在外國街頭，間見將自己塗滿一身銀漆（身上或插著一束國旗），表現凝止不動的流浪藝人，他們有一個名字叫 *tableau vivant*，中譯「活人靜物」。這名字我覺得很好，人本是活的，他／她把自己凝固下來，以「不動」（immobile）作本領，同時也是自我物化的一則譬喻。寫作的人某程度上也是一具「活人靜物」，在他／她沉浸於寫作狀態之時，他／她將自己從世界中「括」出來，盤坐沉思一如羅丹的雕塑Le Penseur，只是托著下巴的手可能換成握著筆或敲著鍵盤，而沉思的樣子又多幾分對世界的疑惑，沉默不語同時不斷在玩著無人聽見的腹語術，直至文字抖落紙上，或蒸發於空中。

人們自古思動，早期哲學思索上帝的存在，稱其為「原動者」（prime mover）。我們欣賞各式動態——如不同形態的舞蹈、形體劇場、移動的影像，以致韻律泳、步操等等，有節奏的，有輕重的，有克制的，有狂悖的，有個人的，有集體的，有高度設計的，有即興爆發的。舞台上每一個動作背後，都經過無數次的重複、排練，才至穩定、準繩，再而求突破、超越。迪加（Degas）將舞者後台的舞姿瞬間凝定成永恆畫格，相對來說，寫作背後的過程無甚「展演性」，有著更多的遲緩、停頓，又常近於隱蔽。然而靜即是動，把腿放下來，不提、不踢、不跺，將念力凝固於筆尖，靜默地感受身體幽微深處如何從一個最小的傷口裂開，也是必不可少的過程。到起立「行動」時又可能切換了身分（如浪遊者、說話者、能動者、妥協者），我始終記著杜拉斯所言：「身處一個洞穴之中，身處一個洞穴之底，身處幾乎完全的孤獨之中，這時，你會發現寫作會拯救你。」必要的孤獨，為了寫作，有時連孤獨都是自製，比伏特加或咖啡因還更需要。

於此說來，本小說集內作品，或可將「活人靜物」倒過來說，稱它們為一輯「**靜人活物**」。人物大多是靜默的，「內向」的、「封閉」的、與人隔絕的，如果有話，他／她將話語寄託給物喻、寓言，如石頭、皺紋、套娃、人偶、玻璃、櫥窗等，通過類物世界（thing-like world）做媒介，外部世界方有可能接通（或始終阻隔）。內心的隧道挖至極限，可能又通回一個共生的表象世界；至最後「物／我」的邊界消融，人自身與世界無可復圜地走向物化的命運。我一向偏好存在哲思性的小說，裡頭自然也融入了一點「社會性」的城市現象。這輯小說有不少物的意象，其中〈石頭的隱喻〉是第一篇開筆的；石頭是世上奇妙的東西，單調而又千變萬化，是封閉體同時是生命體；形形色色的石頭，在小說中成了身世寄寓、感情連結以致權力拔河的隱喻，到最後一小片石子長到母親的臂上來，這令我想到Robert Smithson的詩句：「時間將隱喻變成了東西。」（Time turns metaphors into things.）到最後，身體也化作一張寫作的羊皮紙，是為寫作終極的邊界塗抹。這「後記」旨在點出作者在創作這些小說的幾年間的一些思考和心緒，作者自我解說作品多少難以啟齒，也只能是一點想法，其他物的意象和作用，願讀者自行領會詮釋。

《靜人活物》是我第五本小說集，自一九九七年正式發表小說，十六年間約完成了六十個短、中篇作品。我沉迷於短篇小說的多變性和實驗性，也試圖以其作建構自我文字城堡的磚塊組件，是以每一本小說集，短中篇雖獨立而行，但個別與個別連起來，又有望浮起一個較整全的脈絡或系統，表現於小說的主題、意象或結構（是以小說雖可隨意跳讀，但目錄編排則是有層次的）。物的意象之外，這幾年我特別執迷於寫作的本質、寫作的行為與藝術（act／art of writing）關切，做為一個「每天也要服用一定寫作劑量作毒／解藥的人」，這構成了我大量的閱讀、創作、生活，以致成為一個重大的「存在的母題」。這集子中的一些作品，可說也是圍繞著這母題做軸心旋轉；書中不少角色，都可廣義地稱為**「書寫的人」**或「作家們」。有些明言，如〈密封，缺口〉中的NADA／NANA、〈「死魂靈」出版社〉中既是編輯也是默默書寫者的娜達、〈文具自語〉中邊寫邊擦的塗寫者、〈悲喜劇場〉中跌進默片光影裡的綜藝節目少女編劇、〈不動人偶〉中的流浪藝人及〈分裂的人〉中的「分靈體」；沒明言的，似乎也成了一個個欲說還休的說故事者，在演練人生也在解構自我。我想像這些各行其是或隱隱然互有關聯的人物，都是世上「**隱修群體**」的一員，他們在各自的寫作迴廊中繞圈沉思打轉，將眼目所及之物——一塊石頭、一張面孔、一塊櫥窗、一面牆等等都變成照見出自我或世界的一面**虛無湖鏡**，穿過黑暗的玻璃，而猶在鏡中。一時以為瞥見真相，卻是看進空無（void）。他們與影子共存、共舞，內化同時外化，碎裂成雙重、三重以致多重的倒影、分身、重象、他我與反自我，其中一些不一定是人，而混同著身體、模型與雕塑，尋常生活場景變身一片幽靈國度，背後自是少不了作者觀照現世的一雙「陰陽」眼睛。小說大多呈**迴環結構**，這一方面寄存著作者在本集子中的形式實驗，另方面也是內容、意境、人物心象的投射，生命的處境如一道道自轉漩渦，寫作的痕跡也如影隨形地變成了一闋迴文形狀。

最後收入的中篇小說〈我城零五〉，是集內城市味道最重的一篇。這小說原是二〇〇五年應香港藝術中心之邀，為「西西《我城》三十週年」委約創作的「致敬」之作。構思的時候，就想到以西西小說的文本互涉做為創作手法，其中有所指涉對話的小說其實不僅止於《我城》，還有《美麗大廈》、〈浮城誌異〉、「肥土鎮系列」等，熟悉西西作品的讀者或會讀出另外的層次來。這寫法有別於我一貫較偏向的沉鬱詩意風格，有一種遊戲感、模擬性，但又將「我城」的思考帶到當下，遂有阿果、阿髮、嫲嫲阿娥、阿北等新時代角色設計，其中我自覺比較滿意的，是悠悠這個憂傷敏感女子的角色創造。悠悠在整篇小說中始終沒有現身，她暫時從我城也從阿果（她的情人）的生命中撤離了，只以對話的回憶和她創作的城市小說片段存在。她在小說中也是一個「書寫的人」。小說以二〇一三年香港七一遊行五十萬人上街的場景拉開帷幕，文學不服膺於政治但不迴避政治，末處則以一連串「門」的意象作結，通向未可知的將來。

二〇一三年五月二十三日

各篇小說出處

〈石頭的隱喻〉

初刊於《小說風》二〇一〇年十二月號第十八期。

〈面孔的皺褶〉

初刊於《香港文學》二〇一一年一月「香港作家小說專號」。

〈俄羅斯套娃〉

刪節版初刊於《明報周刊》二〇一二年八月第二二八五期；全版刊於《短篇小說》二〇一二年十二月第四期。

〈不動人偶〉

初刊於《明報周刊》二〇一三年二月第二三二一期；《短篇小說》二〇一三年六月第七期。

〈密封，缺口〉

初刊於《字花》二〇一三年一月第四十一期。

〈「死魂靈」出版社〉

初刊於《香港文學》二〇一三年一月「香港作家小說專號」。

〈文具自語——塗抹的消失與進化〉

初刊於《香港中學生文藝月刊》二〇一一年二月創刊號。

〈悲喜劇場〉

初刊於《香港文學》二〇一二年一月「香港作家小說專號」。

〈分裂的人〉

初刊於《香港文學》二〇一三年六月號。

〈我城零五〉

香港藝術中心「西西《我城》三十週年」委約創作計劃，收入合著《i城志》（香港：藝術中心及kubrick，二〇〇五）。

當代名家·潘國靈作品集1

靜人活物

2013年6月初版　　定價：新臺幣240元

著者　潘國靈
發行人　林載爵

叢書主編　胡金倫
特約編輯　林俶萍
封面設計　蔡婕岑
封面繪圖　小高

出版者　聯經出版事業股份有限公司
地址　台北市基隆路一段180號4樓
編輯部地址　台北市基隆路一段180號4樓
叢書主編電話　(02)87876242轉203
台北聯經書房：台北市新生南路三段94號
電話：(02)23620308
台中分公司：台中市健行路321號
暨門市電話：(04)22371234ext.5
郵政劃撥帳戶第0100559-3號
郵撥電話：(02)23620308
印刷者　世和印製企業有限公司
總經銷　聯合發行股份有限公司
發行所：新北市新店區寶橋路235巷6弄6號2樓
電話：(02)29178022

行政院新聞局出版事業登記證局版臺業字第0130號

本書如有缺頁，破損，倒裝請寄回台北聯經書房更換。　ISBN 978-957-08-4199-2 (平裝)
聯經網址：www.linkingbooks.com.tw
電子信箱：linking@udngroup.com

國家圖書館出版品預行編目資料

靜人活物/潘國靈著．初版．臺北市．聯經．2013年
6月（民102年）．208面．14.8×21公分
（當代名家·潘國靈作品集：1）

ISBN 978-957-08-4199-2（平裝）

857.63 102010457